U0153372

南瓜變馬車——
應用文故事指導書

徐秀菁、楊雅儒、陳　儀

李慧琪、康　珮、黃思超　　◎合　著

五南圖書出版公司　印行

推薦序

李瑞騰

　　《南瓜變馬車》是一本「應用文故事指導書」，作者是六位畢業於中央大學中文系的年輕博士，他們各有專業，康珮研究中國古典小說中的義理思想，徐秀菁研究詞學，李慧琪和陳儀研究宋明理學，楊雅儒研究台灣小說，黃思超研究中國戲曲，他們暫時放開專業，合作完成一本中文應用寫作的教科書，讓人驚豔。

　　談中文寫作，又是應用，當指在生活、社會、職場、商場諸層面，如何把自己作最好的介紹？如何把自己的創意創見表達清楚，而且可以執行？如何把自己看到知道的事情，說得好聽，讓人感動？如何把道理說得讓別人明白，且有說服力？在某些必須現場口頭陳述的時候，如何作一場精彩的簡報？當有必要展演的時候，如何寫一篇符合需要的腳本？我們這六位年輕的中文博士，用活潑生動的字句篇章，向我們展示了他們的學習與教學經驗。

　　是的，他們都是中央大學現役（或曾授課）的大一國文教師。在中央大學，他們參與了一場大一國文的改革工程，而我是見證者。這次改革的主要用意是希望讓學生能夠有效運用文字，中文系承受來自各學院的壓力已久，乃順勢從原本六學分切出二學分的中文寫作課程，為此開了多次會議，確定走「實用」的道路，因之而辦了工作坊以凝聚共識和籌備相關配套。那一段時間，我正好參與十二年國教國語文領域課綱的研修，對於大學端的國語文教學也連帶有所思考，覺得過去主題選文式教學，多一篇少一篇，影響並不大，如能在大學生的中文實用寫作上有些成效，應該會更好。

在中央大學，實際從事中文寫作教學的教師都很年輕，他們有一些是高年級的博士生，有一些則已經畢業，我總體的感覺是，他們有專業、有熱情，因為年輕，和更新的世代比較有共通的語言。在其中，參與《南瓜變馬車》寫作者雖只有六位，約是總人數的四分之一，但我們已可以看出，他們經由教學實踐，正不斷地自我精進。

　　我學習寫作已近半世紀，接觸媒體編輯也超過四十年，在大學中文系側身修行三十年，我深知，作為人文學門主要學系的中文系，正面臨前所未有的挑戰，特別是，人文學的非實用性，在日愈講究實用的社會漸缺競爭力，想來我們必須重新思索中文的體用關係，古代有「經世致用」之說，而我們今天的「用」呢？既要讓中文往應用面發展，如何用？用在哪裡？應是我們不能避開的當務之急。這是我不能忘懷的願心，雖然退休在即，我還是願意和年輕的朋友一起努力，共同為中文的應用而努力。

序章——很久很久以前　　　　　　　　康　珮

🌱 故事的魅力：一間藏書閣和一個女子

　　多年前江南一遊，參觀了不少園林建築。園林本是中國建築的獨有美學，對身在台灣的人來說，自有其因少見而特殊的魅力。不過，從第一天對留園、獅子林的驚呼，到後來同行旅客逐漸疲乏的反應來看，園林的行程太多，逐漸失去了新鮮感。今日，我對這號稱蘇州四大名園的二座園林已印象模糊，卻始終不曾忘懷位於浙江寧波的「天一閣」。取《易經》典故「天一生水」而命名的天一閣，是中國現存最早的私家藏書閣、亞洲現存最古老的圖書館，以及世界最早的三大家族圖書館之一，這些響亮的頭銜都不是我對它情有獨鍾的原因，而是因為它擁有一段美麗悲傷的故事。

　　硬梆梆的「書」如何和「愛情」連上關係？這已經是引人入勝的最佳行銷術，更何況它「有史為憑」。真實性加上衝突性是故事不敗的永恆元素。「天一閣」是由明嘉靖兵部右侍郎范欽所建，他愛書成痴，過世前將遺產分為家產和藏書，他的長子竟然放棄家產，寧願繼承七萬多冊的藏書，並立下了「代不分書，書不出閣」的家傳精神。有了這個共識，才能保全這個家族圖書館，這已經是很令人欽佩的精神了，但是，清人謝堃在《春草堂集》中留下了一個與天一閣相關的悲傷故事，使得這個堅毅精神的藏書閣增添了一個柔軟美麗的女子身影。據說，嘉慶年間，知府之女錢繡芸嗜愛讀書，久聞天一閣的豐富藏書，便想盡法子託父親找媒人，嫁給了范欽後人范邦柱。誰知祖訓

嚴禁女子登樓，免遭不祥之氣，讓嫁入范家的錢繡芸終生未登上藏書閣，鬱鬱而終。

多美麗的故事啊！結合了過去女子無才、不上學堂的文化背景，分外加深了聽者體會理解錢繡芸內心對書籍的那種想望，一生的渴望落空，其中的無奈唏噓為天一閣的魅力做了最好的註解。

一個故事使一座園林成為獨一無二的存在。

是的，「獨一無二」！這就是故事展現的魅力。

在世界旅行，擁有故事的景點特別讓人想一探究竟：美國加州一座「溫徹斯特神祕屋」，造型詭奇怪異，是一個槍枝大亨的遺孀擔心鬼魂報復而建；九份因為宮崎駿的神隱少女，創造了景物之外的故事性，令遊客趨之若鶩，造訪時不斷比對尋找真實與虛擬間的相似點；台東池上伯朗大道上的一棵茄冬樹，因為金城武在那裡拍攝廣告而聲名大噪，不再只是眾多茄冬樹之一……為什麼呢？因為它有了故事，並因此**獨一無二**。

人有追求故事，被故事吸引的天性。孩子從牙牙學語時，母親就用故事幫助他理解世界，而總能使好動的孩子專注聆聽。全世界都注意到了「說故事」的力量，你，注意到了嗎？

🌱 好故事，可以翻轉人生

在先秦，說一個好的故事，可以說服國君，創造新局；現在，說故事仍然比直接說理更具有力量，更能觸動人心。近期廣告行銷偏向以微電影的方式呈現，因為故事讓觀眾容易將自身投入其中角色，藉此

發出共鳴，得到比直接銷售商品本身更好的效果，而廠商也藉此獲得更多元的利益，不僅賣商品，還同時樹立了品牌形象及商品價值。例如：大眾運輸賣的不只是便捷，而是節省時間後的親情聯繫；健康食品賣的不只是健康，還來自於父母子女間的疼愛關心；建案賣的不只是房子，同時兼具品味與生活想像……。好的故事可以讓商品和市場產生區隔，突出自身特色，在民眾心中埋下根深柢固的印象，創造無可取代的價值，我想，全聯、故宮的小編們顯然深得箇中竅門，激發出許多話題性強，讓人印象深刻的好文創。

現代人注重行銷自己，除了曝光度，還必須具有說故事的能力。說故事有方法、有步驟，但是「怎麼說？向誰說？說什麼？」卻不能一成不變。候選人對選民、網紅對粉絲、考生對面試官、廣告企劃對廠商……，不同的身分、場合、對象、訴求，需要不同的詞彙、說話態度、形式、技巧、時間拿捏、手勢眼神，掌握得宜便能無往不利。

這就是本書要談的。

我們習慣將文類分成詩歌、散文與小說三大類，其中散文分成議論、記敘、抒情，而把應用文獨立出來，自成一類。由分類學來看，應用文似乎不能被這些分類標準容納進去，可是在古代，許多流傳千古的應用文，例如：〈出師表〉、〈陳情表〉、〈諫逐客書〉、〈祭妹文〉等，都是極優美的散文，融會了議論、記敘、抒情三者，而達到書寫的最大功效。可見分類往往是為了論說方便，但卻未必能涵蓋所有文章。

為了因應各種狀況：考試、找工作、實務需求、聯絡事項、創作……，應用文無所不在，可是現代人總覺得應用文生冷僵硬，難以吸收，到了需要用時，只能心生喟嘆、搖頭嘆息。從最常見的自傳、履歷，到各專精領域的企劃案、簡報、新聞、議論、以及現在流行的創意文案、微電影，都常讓人不知所措。

🌱 應用文該怎麼寫？

坊間應用文的相關書籍千百種，都可以做為應急之用，依照所需模仿書上形式，也可以寫個幾分像，但是，迎戰眾多競爭者，這樣就夠了嗎？

學校為了幫助學生就業，紛紛開設實用中文、中文寫作相關課程，老師們不厭其煩介紹各式書信標準稱謂、公文正式用語、企劃書該具備的項目、新聞稿應秉持的態度和用詞……諸多重複的教學重點卻讓學生昏昏欲睡，學生們想問：

這些網路上都找得到，可以給我們一些不一樣的嗎？

學了這個，又怎麼樣？

我如何寫出和別人不一樣的東西？

應用文最終目的是溝通，透過一種介質，傳播一個訊息。以一種理性、中性的文字作為中介，傳達某個觀點或意見。怎麼樣的應用文是好的應用文呢？結論是：**能讓對方接受、買單的**，就是好的應用文。

聽者決定你該說什麼

從成功故事的角度來說，故事是由「**說者＋故事＋聽者**」組成，聽者不買帳，便不是成功的故事，這個道理其實放在應用文更明顯。應用文既是爲了達到某種目的而寫，「目的」無法達成，這篇應用文便是徒勞無功的。因此，考慮對象想聽什麼，再去思考該說什麼，是最重要的寫作邏輯。

學生寫應用文常急於表達「我」的想法或觀點：「我是一個積極的人」、「這是一個極佳的產品」，「我要向您推薦○○○，相信他能勝任貴公司的工作」，這只是急於銷售商品的**賣家觀點**，但**買方**卻未必要照單全收。

自傳、履歷看似以「我」爲主，實際上仍然是要寫給對方看的；企劃書必須以成功行銷爲首要目的，顧客的接受度才是首要考量；新聞的閱聽族群有不同的年齡、學歷、職業、需求、價值觀……都會影響對新聞的接受度和評價；演說、簡報更須隨著聆聽對象調整內容。因此，各式應用文都只是溝通意見、表現自我、傳述觀點的「手段」，千萬別把它當成「目的」！

本書要改變的是寫應用文應該先具備的**思維**，而非寫應用文的基礎能力。

從「聽者」、「目的」的思考出發，用熱情演繹，加上創意發想，結合自己的生活觀察，想不說出動人的故事都難。

🌱 文字背後的訊息才是真正重要的

以自傳為例，最常見到的形式是「我是○○○，○○人，我的父親是○○○，母親是家庭主婦。我畢業於○○○，參加過○○○社團。我的興趣為○○○，拿手科目是○○○。」

聽者要知道的不是資料上頭的這些資訊，而想知道這些元素經過化學變化後構成了一個怎樣的你，是獨一無二的嗎？具備聽者想要的條件嗎？父親的工作給了你專業的啟發，母親的寬和讓你學會謙卑，畢業的科系培養了你對事物的敏銳觀察，社團經驗提供給你分工合群的試煉，而你的興趣使你展現對喜愛事物的堅持、熱情和自信，拿手科目顯示你是個創意人才……，這些種種構成了積極、愛迎向新挑戰、投入的特質，令聽者對你產生好感，印象深刻，並被這份自傳說服，深信你就是他們要的人，這才是自傳的目的。

同樣的，企劃也不能一股腦地只說自己想說的，要贏得他人贊助或是讓活動成功，都必須考慮對方能否被企劃內容感動，產生願意支持的動機。以前有部日劇，要做一只手錶的企劃，成功地運用了說故事的能力，將「watch」（錶）和「watch」（看）結合，訴諸手錶背後陪伴、看顧的意義，使聆聽的對象留下極為深刻的印象，以此為發想，成為行銷的主軸。

一椿看似客觀的新聞事件，每個記者都可以賦予它因報導角度、價值不同的意義，例如寒流來襲，可以著重醫療、社會福利、高山雪景、發熱衣熱銷、寒冬送暖等不同角度，如何做選擇？記者能說一個閱聽者想聽、愛聽的故事，便決定了報導的生命厚度。

因此，如何詮釋、如何延伸、如何架構的說故事能力是說服他人最強而有力的寶藏。本書要說的，是應用文形式之外如何產生感動的發想過程，想告訴學生、讀者，應用文不必死背硬記，不須望而興嘆，注意幾個關鍵點，就可以寫出不一樣的應用文，讓自己獨一無二，迅速掌握應用文的訣竅密技。

我們的菜單，實用又好吃

　　這本書是我們多年教學的經驗累積，面對學生疑惑、埋怨、挫敗後，多次討論，尋找教學方法，想打破應用文僵固框架而生。因此，選擇的都是和學生未來最相關，對就業最有助益的單元，包括：自傳、新聞、議論、企劃、簡報以及劇本六大項。我們選擇了一以貫之、有效的說故事概念，去涵蓋這些應用文類型，「誰在說？向誰說？說什麼？怎麼說？」，融合6W1H的架構，告訴讀者，應用文要既有效且動人，才是成功。

影音自傳，創造魅力

　　自傳說的是自己的故事。每個人最熟悉的應該是自己，卻往往將自傳寫得平面呆板，過度在意自傳應該具備的「家庭背景、學經歷、專長興趣、未來展望」等形式，卻忽略了獨特動人的內容，於是篇篇讀來都大同小異面目模糊，別說面試官讀後全沒印象，就連自傳本人都說不出自己的特色。本單元從破除自傳盲點開始，教你如何從過去經歷中，選擇出最符合自傳目標的元素，創造誘因，翻轉原來無效的寫法，形成個人品牌魅力。因應影音時代來臨，一份唱作俱佳的影音自

傳可以從故事角度思考，透過分鏡技巧，量身打造具有亮點的廣告，行銷自己。

即時報導，掌握動態

新聞是客觀如實的報導，也能和說故事扯上關係？如果你這麼想，就大錯特錯了。一則好的新聞絕對是一個好的故事，它們在本質上沒有太大不同，都在敘說一個事件，都必須吸睛，都得選擇一個敘事的觀點，二者的差異在於呈現的文字風格以及真實與否。本單元將引導你區分新聞和文學，並教導你同一個事件如何以文學和新聞的二種表述方法呈現。而後，從故事學的思考角度，帶領你採用最佳視角，以「頭條」的概念決定新聞內容、標題，進而從結構、修辭等修正新聞迷思，迅速掌握新聞報導的原則和重點。

深度報導，召喚關懷

對比即時報導，深度報導的故事性更強，報導者選擇的立場、觀點、價值更為明顯，更需要全面架構、詮釋的文字表達能力。為了幫助讀者記憶和理解，本單元借用了神話學中英雄冒險旅程中會經歷的幾個階段：召喚、尋寶圖、跨越門檻去屠龍、啟蒙、回歸，配合深入報導的寫作原則加以解析，從報導動機、前人基礎、企劃安排、抽取精彩片段或影像，最後賦予此篇報導價值地位。深度報導必得從事訪談工作，包括事前的準備、心理素質養成、採訪倫理及禮貌、乃至於訪談現場要注意的細節，本書都有細細分析。最後，將透過技術性的指導，引領讀者如何從訪談和資料中，構築一篇深刻動人的深度報導。

🦋 議論科普，學會思考

　　議論在全書中，恐怕是最難和故事產生聯想的一個單元，也是學生在學習前，就因心理障礙而抗拒的一部分。不過，本單元卻完全採用了說故事的技巧，用輕鬆的文字、軟性的策略，帶你一窺議論文的奧祕。結合例子和圖示，依序展示了議論的性質、必須依據的原則、章法，我們不直接說道理，而是透過文句的比對，讓讀者自己去比較如何表述才是議論的真諦。簡要介紹了議論常見的論證方法，以及容易犯的語言謬誤，有趣易懂。特別的是，本單元還教導關於科普寫作可以參考的寫作方式，從數學、食物學的範例中，喚起你對科普的興趣，絕對是一篇兼具趣味性與實用性的議論指導文。

🦋 企劃發想，成功行銷

　　企劃不應是死板板的行銷方案，而是設想一則關於產品、活動的故事。企劃能夠成功出色，發想過程極為重要。該把握哪些訣竅，才能萌發與眾不同又勾動人心的好點子，如何善用「6W2H1E」的核心原則，幫助企劃案形成基本的架構，都是本單元強調的重點。不過，除了企劃必須具備的形式要件之外，我們更重視構思的過程，透過範例和引導步驟，釐清需求與現有的資源，呈現出一個企劃逐漸成形的樣貌。從過去教學的實際經驗裡，找出學生容易犯的NG問題，加以釐清修正，改善過去總以為自己懂了，卻一直存在的問題點，是本單元用心所在。

🦋 簡報演出，贏得認同

　　為什麼賈伯斯的iPhone發表會被奉為商業簡報經典，讓果粉感動的熱淚盈眶？又為什麼老師的上課簡報，跟同學的分組報告簡報可以那麼枯燥無聊，讓人呵欠打到熱淚盈眶？其實，第一流的簡報者必定都是擅長說故事的人，想要在公司、課堂上成為眾人矚目的成功簡報高手，就別錯過本單元。多數簡報的失敗都來自對投影片的過度依賴，而每個簡報者都幻想自己就是賈伯斯。簡報前，從心理建設到準備工作，是有方法可依循的，本單元以步驟的次序逐步說明，從簡報前、簡報時、簡報後，一步步教導你簡報的基本功夫，如何呈現好台風，如何用簡單幾招呈現專業簡約風的簡報美學，看完後就能輕鬆擁有簡報能力。

🦋 劇本創作，秀出故事

　　劇本本身就是故事。本單元從遠到近、從簡略到詳細，教你掌握劇本寫作的原則、概念與步驟。呼應本書說故事的主軸，安排這個單元，並放置在壓軸的位置，對說故事如何透過衝突、製作懸疑效果、呈現故事最大的張力，有指導的作用。劇本中應該具備的人物特徵、行為動機、對話藝術、分鏡技巧、劇本格式，都以例子詳解的方式具體教學，最後，結束於劇本改編的創意發想，對初次嘗試劇本創作的新手來說是入門守則，讀後應能收穫滿滿。

應用文故事化，學習更上手

簡單說，本書的企圖心有三：

- 從敘事力出發，重新思考應用文看似不連貫的形式背後（動機、目的、內容、預期成果），其實有著貫通且一致的本質和意義。我們想讓學生「理解」應用文為什麼必須具備這些形式，而非「死背」這些項目。

- 應用文要達到「有效」的要求，「故事」的思維更有助於展現商品、事件、人物、活動、觀點的獨特，因為獨特，才能深刻。

- 我們大量運用例子解析引導，展示思考脈絡如何成形，有別傳統應用文指導書，只呈現每一類型的靜態樣貌，我們要談的，更多是這個樣貌為何是這樣呈現的動態過程。

如果你也曾為反覆學習應用文，卻總不上手而困擾，歡迎你跟我們一同從故事新思維，再一次認識應用文吧！

目錄｜CONTENTS

南瓜變馬車——應用文故事指導書

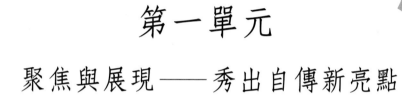

第一單元

聚焦與展現——秀出自傳新亮點

徐秀菁

　　你的自傳依然從「我畢業於某某大學」或「我來自哪裡」開始書寫嗎？大學和出生地對你來說意義非凡，但對面試官來說也是如此嗎？大學對他來說只是一個名稱，出生地對他來說也只是一個地點，究竟什麼樣的自傳，才能讓他感興趣？試想如果你是面試官，又希望讀到一篇怎樣的自傳？

常見寫法 ①：

　　我是陳湘湘，畢業於某某大學應用外語系，今年二十三歲，從小就對英文很感興趣，多益考過800分，喜歡畫畫，對設計也有涉獵，曾經參加設計比賽入圍前十名……

 面試官OS：英文、畫畫和設計，到底哪個才是專業？

常見寫法 ②：

　　我來自台南安平一個純樸的鄉鎮，在這個純樸的鄉鎮，度過快樂的童年。在我求學時期，父母親辛苦工作賺錢，就為了提供我完成學業，因此我懷著感恩的心，決定出社會後一定要報答父母恩情……

 面試官OS：成長與求學過程寫這麼多，到底是來求職還是寫作文？

常見寫法 ③：

　　陳湘湘，台南安平人，今年二十三歲，父親是老師，母親是家管，在成長過程中，父母採用民主的教育方式，讓我養成獨立自主的個性。我還有一個妹妹，目前就讀高中二年級……

 面試官OS：家庭背景與求職有關聯嗎？我只想知道你的工作能力！

職場觀測老實說：

　　當前社會競爭激烈，一份好的工作就有數十到數百名不等的求職者，面試官每天可能要審閱上百份的自傳，你有沒有想過，在同一個領域，有多少人的成長背景和基本條件與你相似？這種從出生地、家庭情況、成長背景、求學情形、多元興趣切入的寫法，所面臨的第一個風險是大同小異，讓你難以突顯；第二個風險是面試官一再看到類似寫法，難免彈性疲乏，你要如何吸引注意，成功進到面試階段？

　　如果是升學自傳，為了讓學校老師更了解學生，從家庭、成長、求學、興趣、參與活動、生活等各個角度切入，說明家庭教育、興趣培養、學習歷程對你人格特質的影響，洋洋灑灑兩千字，提供最豐富的訊息，讓老師評估這名學生到底適不適合念這個科系，當然是可以的，但，如果是求職，面試官在審閱求職者的自傳時，最關切的會是什麼？老實告訴你，面試官最想知道的是：

　　你具備什麼專業和能力？
　　你能否勝任這個工作？
　　為什麼要錄取你？
　　你的自傳傳遞什麼訊息？

　　因此，檢視常見的自傳寫法，所提供的家庭、成長、求學、興趣等訊息，完全無法回答面試官的疑問，只是一個泛泛而論的開場白。或許在接下來的段落中，會慢慢說明自己的專業和能力，強調自己的獨特，可是，如果自傳第一段無法吸引面試官的目光，他還會想看第二段和第三段嗎？

　　還有，面試官每天要在上百份甚至上千份自傳中挑出合適人選，安排面試，進而錄用，時間緊迫，他會花多少時間閱讀求職者的自

傳？三十秒還是三十分鐘？你的專業和能力，就是自傳最大的亮點，為什麼要放到第二段或第三段才寫？寫作文可以鋪陳，但求職自傳如果不能在一開始就切入正題，所謂的專業根本沒有機會被看見。

　　求職自傳應該依照不同的訴求和徵人條件調整寫法，內容力求簡明扼要，突顯自己特長，尤忌冗長，可以控制在800字左右，再依職務內容、徵聘條件、個人特色，有所增減，以A4一頁呈現為原則。以長榮航空徵聘空服員和台北教育大學徵聘兼任教師，曾經開出的應徵條件來看，甚至只要求500字以內的自傳，在這樣的字數限制下，豈容你寫一些與求職無關的內容？

　　寫作自傳需要策略，只有掌握要領，才能真正秀出自我，並且抓住面試官的目光，為自己贏得面試的機會。

　　……可以怎麼做呢？

🦋 看見不一樣的自己 —— 善用 SWOT 分析

　　商品行銷之前，要做SWOT分析，什麼是SWOT？就是一種針對內部優勢與劣勢，以及外部機會和威脅的分析方式。優勢（Strength）是指超越其他對手的能力；劣勢（Weakness）是指略遜其他對手的部分；機會（Opportunity）是指在某個領域所擁有的競爭力；威脅（Threat）是指不利自己的因素，寫自傳既然是一種自我推薦、爭取工作的方式，當然也需要先對自我進行探索與解析。可是，實際運用SWOT分析時，可以區分得更仔細，因為所謂自我優勢，一種是由科系訓練出的能力，還有一種則是因興趣或其他經驗所培養與開發的能力；所謂劣勢，一種是來自當初的科系選擇，還有一種則是目前不足，但仍有轉變和提升的可能；至於機會和威脅雖然來自外部因素的影響，不一定是我們可以改

變的，但自傳所塑造出的形象，是否專業，是否無可取代，關鍵仍在你的撰述和呈現方式。只有充分了解自己的優勢與劣勢，同時掌握職務所需具備的條件，找出自己與眾不同的經驗或能力，提供一個錄取理由，告訴面試官你可以做得更好，為工作帶來正面影響，就能創造一個專屬於自己的機會，甚至扭轉劣勢。

　　以下是一個社會新鮮人的基本資料：

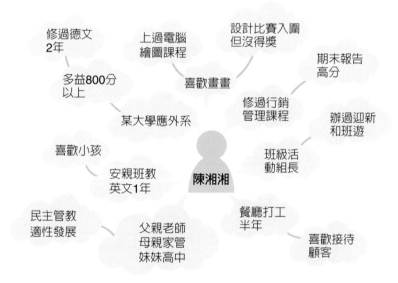

　　一名應用外語系畢業的學生陳湘湘，可以從事什麼工作？可能很多人會聯想到英文老師，但每年應用外語系畢業的學生何其多，競爭必然激烈，如果應徵英文老師，除了外語系畢業的條件，還有沒有其他勝出的優勢？此外，應用外語系畢業，難道只能當英文老師？如果想要應徵行銷業務或設計公司助理，以她這樣的背景和條件，有沒有競爭機會？接下來就針對英文老師、行銷業務和設計助理這三種工作類型，分別進行SWOT分析。

應徵補習班英文老師

S優勢
- 科系優勢：應外系畢業、多益800分、懂得德文
- 經驗優勢：安親班教學經驗、活動組長經驗

W劣勢
- 難以改變：非國立大學外文系
- 可以扭轉：未到多益900分金色等級

O機會
- 除了英文流利，更需要擁有教學經驗的人才

T威脅
- 部分家長偏好外國師資

應徵食品公司行銷業務人員

S優勢
- 語言優勢：多益800分、懂得德文
- 經驗優勢：行銷報告實務經驗、餐廳打工、接待經驗

W劣勢
- 難以改變：非行銷、食品相關科系
- 可以扭轉：行銷管理專業不足、尚未取得證照

O機會
- 除了相關科系畢業，更需要擁有實務經驗、外語流利的人才

T威脅
- 為拓展東南亞市場，懂得東南亞語的人才更搶手

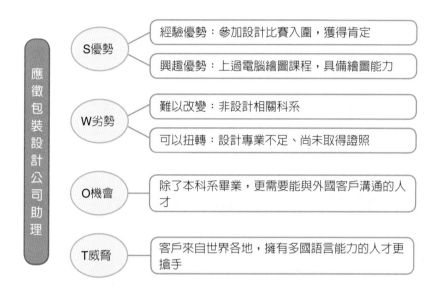

應徵包裝設計公司助理

- S優勢
  - 經驗優勢：參加設計比賽入圍，獲得肯定
  - 興趣優勢：上過電腦繪圖課程，具備繪圖能力
- W劣勢
  - 難以改變：非設計相關科系
  - 可以扭轉：設計專業不足、尚未取得證照
- O機會
  - 除了本科系畢業，更需要能與外國客戶溝通的人才
- T威脅
  - 客戶來自世界各地，擁有多國語言能力的人才更搶手

以應徵補習班英文老師的情況來看，應外系畢業、多益800分、符合英文流利的徵聘條件，這是陳湘湘的科系優勢，再加上目前就業市場除了要求英文流利，更需要擁有教學經驗的人才，她雖然不是國立大學外文系畢業，或是面對部分家長偏好外國師資的威脅，以她在安親班的教學經驗，仍然可以為自己創造有利的條件，而擔任活動組長的經驗，外向又有活力的形象，亦可加分。

以應徵食品公司行銷業務人員的情況來看，目前就業市場除了錄取行銷或食品相關科系畢業的優秀人才，更需要擁有實務經驗、外語流利的人才，陳湘湘因為語言的優勢——多益800分、懂得德文，以及行銷報告拿到高分、餐廳打工、接待顧客的經驗優勢，即使不是相關科系畢業，仍可一試。至於行銷管理專業不夠、尚未取得證照的劣勢，或是面對未來拓展東南亞市場，需要東南亞語人才的威脅，只要主動學習，提升並拓展自己的能力，仍然大有可為。

　　以應徵包裝設計公司助理的情況來看，非設計相關科系畢業，是否毫無機會？因應全球化市場的變化，客戶來自世界各地，更需要能與外國客戶溝通的人才，陳湘湘除了具備外語能力，參加設計比賽入圍的經驗，以及電腦繪圖的能力，也可以成為她的競爭優勢。至於設計專業不夠、尚未取得證照的劣勢，以及欠缺多國語言能力的威脅，一樣可以透過持續學習來扭轉劣勢。只要清楚掌握自己的優勢與劣勢，並分析就業市場的現況，就有尋求突破與勝出的可能。

　　但，這只是從自己角度出發所做的評估，問題是，知己也要知彼，面試官也會這麼看嗎？還有沒有隱藏的威脅與可能遭受的質疑？

換位思考！──面試官怎麼想？

① 應徵補習班英文老師
→ 英文系畢業，多的是！為什麼要用你？
→ 安親班工作一年，保證就會教嗎？
→ 多益800分，不是最高等級耶！

② 應徵食品公司行銷業務人員
→ 非相關科系，還敢來應徵？
→ 行銷管理報告得高分，有辦法做業務嗎？
→ 多益800分，有辦法跟外國客戶做生意嗎？

③ 應徵包裝設計公司助理
→ 喜歡畫畫，就懂設計嗎？
→ 參加設計比賽入圍而已，有實力嗎？
→ 能成為設計師的得力助手嗎？

站在面試官的角度看，閱讀自傳最主要目的就是依照應徵條件，找到合適人選，期盼自傳能給出一個錄取的理由。以同一個領域的求職者來看，應徵補習班英文老師，大多是英文相關科系畢業，或具備一定的英文能力，如果自傳只從這一點切入，根本無法吸引注意，另外，教過英文，有相關教學經驗，但會不會教，又教得如何，才是面試官最想知道的事情；若是應徵食品公司行銷業務人員，具備行銷管理知識和語言能力，當然是基本條件，但未來有沒有辦法做好業務工作，並且跟外國客戶接洽生意，更是面試官最關切的問題；若是應徵包裝設計公司助理，雖然曾經參加設計比賽入圍，並具備外語能力，但設計實力如何，能否成為設計師的得力助手，又有沒有辦法接洽外國客戶，必定是面試官最在意的項目。

　　針對面試官可能的疑問，在寫作自傳時，就要懂得採取相應的寫作策略，除了突顯優勢，說明自己可以勝任工作，還必須舉出實際例子，以此證明或提供面試官最想知道的訊息，解消他對專業能力不足的質疑。若非相關科系畢業，明知這是劣勢，自傳第一段就不要放大這一點，以免自曝其短，應該強調其他優勢和相關表現，才能扭轉劣勢。只有精心塑造符合職業所需的專業形象，才能脫穎而出。

　　所以，自傳到底可以怎麼寫呢？

創造誘因——破題絕對是關鍵

　　面試官平均只花30秒到1分鐘的時間來閱讀自傳，因此第一段最重要，如何破題？如何創造誘因，吸引他往下看？分析每個職業所需具備的條件之後，接下來就要從自己過往的學經歷中，找出符合這些條件的關鍵事項，優先撰述，直接切入正題，強調自己就是最適合的人選，展現自信與實力。以下分別就應徵補習班英文老師、食品公司行銷業務人員與包裝設計公司助理的自傳寫法，作出示範。

1　應徵補習班英文老師

翻轉寫法：

我是陳湘湘，從國中開始就對英文的腔調十分著迷，喜歡英文課生動有趣的上課方式，大學選定應用外語系，並嚮往當一名英文老師。畢業後，曾在國小安親班擔任英文老師，累積一年的教學經驗。安親班任職期間，積極嘗試新的教材與教法，設計英文闖關遊戲，讓學生都喜歡上英文課，不再懼怕英文，除了有效提升學生在校的英文成績，還能讓他們在生活中主動開口說英文，因此獲得家長肯定。

面試官這麼說

有教學經驗，獲得肯定，充分突顯自我優勢。

對工作的熱情與活力，比多益考幾分更重要。

▶ 祕訣是

應徵補習班英文老師，英文相關科系畢業只是符合基本條件，因此，第一段如果寫自己是應用外語系畢業，不夠亮眼。這個工作既然需要有教學經驗的人，那麼就從安親班教過英文的經歷切入，同時說明自己的教學成果，強調獲得正面評價，才是最吸睛的寫法。

2　應徵食品公司行銷業務人員

翻轉寫法：

市場行銷，最重視敏銳的觀察及靈活的應變能力，以因應瞬息萬變的時代趨勢；身為一名業務，直接面對客戶的需求，最重要的是溝通協調的能力，對於銷售技巧與商品內容，也必須有準確掌握。我是陳湘湘，英文流利，擅長與外國人對談交流，大學時選修多門行銷管

理課程，曾針對大學周邊有機食品店家進行問卷調查，並擬定改造企劃，於期末發表，獲得最高分。之後，這份行銷策略被店家採用，成功提高來客率。

面試官這麼說

有企劃能力和實務經驗，比什麼科系畢業更重要。

擅長與外國人溝通？是一大亮點，值得叫來測試。

▶ 祕訣是

應徵食品公司行銷業務人員，非相關科系畢業，必然會遭到質疑，因此不要採取慣常「畢業於某某大學某某科系……」的寫法，應強調自己具備行銷管理知識和語言能力，表現契合度。除此之外，行銷管理報告針對有機食品店家擬定改造企劃，並得到高分，是一大優勢，但這份報告能結合實際並發揮影響嗎？直接說明這份行銷策略被店家採用，並成功提高來客率，就是具備實力的最好證明。

③ **應徵包裝設計公司助理**

👁 翻轉寫法：

我是陳湘湘，設計一直是我的最愛。雖然大學主修英文，但從沒放棄投身設計的夢想。大學階段曾經參加全國性商品包裝設計比賽，那次參賽團隊高達五百多隊，我們小組憑著彼此信任與默契，透過溝通協調取得共識，分工合作，一路過關斬將，順利進入決選階段前十名，雖然最後沒能獲得最大獎，但在過程中習得為廠商量身打造，並實際完成商品生產的能力，未來投身職場必能發揮所長。

面試官這麼說

參加比賽，習得職場所需的能力，這才是實際的收穫。

具備商品包裝設計實務經驗，比單純喜歡畫畫更契合。

▶ 祕訣是

應徵包裝設計公司助理，喜歡畫畫，有設計經驗或參加過比賽的人，比比皆是，但設計實力如何才是關鍵。因此，比賽的指標性、重要性和相關性應優先突顯，接下來便要說明參加比賽的收穫，能為廠商量身打造，並實際完成商品生產的經驗，正是最與眾不同之處。

第一段成功吸引面試官的目光，接下來呢？

✂ 展現魅力的時刻到了！——自傳就是廣告文宣

回想一下你的購物經驗，作為一個消費者，是如何決定購買一個商品的呢？首先你會看商品的內容，接下來可能會看它的產銷履歷或價格，但最重要的，你一定會思考這個商品到底有何特色、好不好用，並且值不值得買。

自傳就是一張向面試官推薦的廣告文宣，因此，成功破題之後，在接下來的二、三、四段，更要維持一貫突顯優勢、強調表現的撰寫方式，除了交代學習歷程，更要說明學習收穫，展現能力和特質；除了敘述工作經歷，更要舉出實例，強調成績和評價；除了表述未來期望，更要說明對公司和工作內容的了解，一方面可以解釋選擇這間公司的原因，一方面則可表現務實的態度，契合這份工作可能的發展。

迷思 ① ：求學歷程鉅細靡遺，平時興趣無所不包

　　國小時……，國中……，大學就讀……，學到……平時興趣除了看電影，也喜歡……在求學過程中，影響我最深的人是某某某，有一次他到我們學校演講……。因爲我上課認眞，成績總是名列前茅……

面試官OS：這些內容到底跟工作有什麼關聯？

迷思 ② ：社團經驗／工作經歷越多越好

　　大學時曾經擔任班級幹部，負責某項事務……也曾擔任社團幹部，參與某某活動……。畢業後，我曾在哪裡工作……；後來……；之後又……

面試官OS：你的具體表現和成就到底是什麼？

迷思 ③ ：強調能為公司帶來最大貢獻

　　我非常認同貴公司的發展理念，如獲任用，我一定竭盡心力，爲公司帶來最大的利潤，給客戶他們想要的東西，增加公司業績……

面試官OS：話說得這麼滿，你做得到嗎？

拜託，不要再這樣寫了，找出競爭優勢，來點特別的吧！

① **應徵補習班英文老師，機會點——**

除了英文流利，更需要擁有教學經驗的人才！

👁 **翻轉寫法：**

　　大學時期，每一次英文專業課程的小組簡報，我都積極爭取擔任主講者，透過上台練習的機會，讓自己的英文發音更標準，口語表達更流利，經常獲得教授的肯定。我還擔任班級活動組長，籌辦迎新及班遊活動，結合英文所學，，設計生存遊戲，兼具娛樂性與知識性，屢屢獲得系上師長、同學和學弟妹的好評。

　　這些活動經驗，除了讓我獲得滿滿的成就感，還給我無限的靈感，可以應用在英文教學中。在國小安親班工作的一年中，我設計英文闖關遊戲，讓安親班小朋友每次上課都像經歷一場叢林冒險，趣味十足，又能激發對英文的興趣，達到教學目的。

　　貴公司的英文教學素以生動活潑聞名，同時讓老師們有相當的自主性，可以嘗試不同的教法與開發教具，使老師們可以不斷提升自己的能力，精益求精。我以當一名英文老師為榮，更喜歡補習班這個多元有趣的教學環境，期盼能加入貴公司的教學團隊，發揮一己之力，讓英文向下扎根。

面試官這麼說

　　將活動經驗帶入教學，展現無限可能。

　　對公司有所了解，認同這樣的教學理念，十分契合。

▶ 祕訣是

　　補習班英文老師最需要具備教學經驗，英文流利，態度親切，擁有活力，因此要針對這些條件，找出自己契合的表現。以大學擔任活動組長的經歷來看，就是可以強調的重點，但在撰寫時，不是瑣碎羅列曾經辦過的活動，而是要能展現自己的英文能力，扣合工作所需的條件，像是在迎新和班遊活動中，將英文融入遊戲，成為日後教學的一大利器，或是大學階段上台報告所訓練出的英文口條，這些都是實力的證明。

② 應徵食品公司行銷業務人員，機會點——

> 除了相關科系畢業，更需要擁有實務經驗、外語流利的人才！

👁 翻轉寫法：

　　雖然大學時期主修英文，副修德文，但這是為了行銷業務工作所做的準備，我深知語言的嫻熟與溝通的準確無誤，對於拓展市場的重要，因此下定決心從掌握語言開始。為加強行銷管理的專業，我選修多門相關課程，對物流、展售簡報、企業管理等知識，皆有相當的了解。期末報告獲得的成績，亦證明我的實力。

　　為加強銷售與業務的能力，我選擇在餐廳工讀，餐廳經常配合節日推出加購周邊商品的活動，我擅長接待，與顧客關係良好，更明白唯有深入研究商品特色，同時掌握說話訣竅，才能成功銷售。我憑藉這樣的特質與能力，銷售多款商品，業績亮眼，獲得雇主肯定。

　　貴公司主打有機食品，積極拓展海外市場，並採取最嚴格的認證，讓消費者安心，因此獲得信賴。我在大學時期曾針對校園周邊有

機食品店家進行問卷調查，深切了解嚴格認證的重要，這不只能讓消費者放心，更是一種保障。我非常認同這樣的經營理念，如果有幸加入貴公司團隊，期盼能發揮專長，為公司效勞，也為顧客服務。

面試官這麼說

將語言能力、擅長接待與銷售變成自己的強項，提升競爭優勢。

用實際例子說明對有機食品的了解，十分吸睛。

▶ 祕訣是

食品公司行銷業務人員需要具備外語能力和相關經驗，因此應用外語系所訓練出的語言能力，就是強項，但在撰寫時，可以巧妙地說明語言能力的培養，是為了日後投身行銷業務工作所做的準備。行銷管理的專業，則可藉由課程選修以及報告獲得高分來突顯，但這樣還不夠，真正的實力呢？餐廳工讀，擅長接待，成功向顧客推薦並銷售多款商品的經驗，以及針對大學周邊店家進行問卷調查，了解嚴格認證對有機食品的重要，掌握公司的經營理念與發展方向，即是勝出關鍵。

③ 應徵包裝設計公司助理，機會點——

除了本科系畢業，更需要能與外國客戶溝通的人才！

◉ 翻轉寫法：

因為大學參加商品包裝設計比賽，開始鑽研包裝設計，除了在大學聆聽相關課程與演講，也在設計師開設的電腦繪圖課程，習得構圖方法及技巧。此外，我每年都注意德國紅點傳達設計類「品牌設計」

與「包裝設計」兩項大獎的得獎作品，仔細解析，以掌握當前趨勢。

除了包裝設計能力，語言更是我的強項，多益考取800分以上的認證，可以與外國人準確無誤的溝通。我也修過兩年德文，基本溝通沒有問題。身為一名設計公司的助理，要確實執行設計師交代的任務，也要成為設計師與外國客戶溝通的橋梁，我具備包裝設計知識和語言能力，隨時做好準備，可因應職場需求。

貴公司雖然是新創公司，可是設計實力有目共睹，即使是地方常見食品，透過貴公司的包裝與設計，除了突顯商品特色，更傳達傳統文化與現代設計結合的理念，開啟一條嶄新的道路，這樣的發展方向，讓我非常認同和嚮往，希望能加入貴公司團隊，奉獻一己之力。若有幸擔任貴公司的設計助理，必當竭盡全力，準確完成設計師交辦的事項，同時為客戶服務。

面試官這麼說

電腦繪圖課程，習得構圖方法及技巧，符合基本條件。

強調語言優勢，掌握未來工作內容，成功突顯自己的與眾不同。

▶ 祕訣是

包裝設計公司助理需要具備設計專業、相關經驗，大學念的是外語系，那麼設計專業的培養呢？除了大學聆聽相關課程與演講，還在設計師開設的電腦繪圖課程，習得構圖方法及技巧，就是最符合條件的項目。至於語言能力，兼具英文和德文口說能力，強調可以與外國人準確無誤的溝通，接待國際客戶也沒有問題，絕對具有競爭優勢。

再次提醒

　　只要掌握自傳的寫作策略，針對職業所需的條件，從過往學經歷中找出符合條件的關鍵事項，第一段直接破題，強調自己的專業與能力，創造誘因，吸引面試官的目光。接下來的二、三、四段，除了敘述學習歷程、工作經歷、相關經驗，更要舉出實際例子，強調收穫、成績和評價，以證明實力，也別忘了說明對公司和工作內容的了解，以及未來展望，突顯選擇這間公司的原因，這樣就可以完成一篇簡明扼要，而且獨具魅力的自傳。

　　……等等，還有影音履歷怎麼辦？

　　因應現代不同的工作型態和需求，只有一份書面自傳當然不夠，還記得2009年澳洲昆士蘭旅遊局開出半年350萬元台幣，徵求「哈密頓島主」（大堡礁保育員）的超夢幻工作嗎？條件是提交60秒的影音履歷。你要怎麼拍？強調很喜歡大海或很喜歡澳洲就足夠了嗎？不行的。這份工作向全世界徵才，你要和全世界競爭，內容創意有趣，絕對是吸引目光的關鍵，到底要怎麼做呢？

影音履歷：從分鏡開始

　　一般書面自傳的寫作策略是，先分析職務所需條件，身為一個大堡礁保育員，工作內容包括：餵食魚群、清洗泳池、巡視沙灘、乘坐或駕駛水上飛機送信、用部落格撰寫工作日誌，因此要從過往的經歷中說明自己為什麼適合這個工作，給面試官一個錄取的理由。於是依樣畫葫蘆，影音履歷就先從最基本的分鏡腳本開始：

分鏡畫面	說明	台詞	場景	鏡頭	時間
	站在海邊，自我介紹。	我來自台灣，熱愛大海，我的英文名字是Kate。	福隆海水浴場	變焦（由遠拉近）	8秒
	潛入海裡，與魚群共舞。	喜歡游泳，享受與魚群共舞的美好。	粉鳥林	變焦（由遠拉近）	5秒
	汗流浹背，努力刷洗泳池。	我擔任救生員，也負責維持泳池清潔。	泳池	特寫	8秒
	低頭撿拾沙灘垃圾，摸摸小螃蟹。	參加過一日淨灘活動。	福隆海水浴場	變焦（由遠拉近）	8秒
	在機艙乘風翱翔。	我勇於嘗試，不怕危險。	直升機	變焦（由近拉遠）	8秒

分鏡畫面	說明	台詞	場景	鏡頭	時間
	坐在電腦桌前，用心撰寫部落格。	我擅長撰寫部落格，樂於分享。	房間裡	特寫	5秒
	站在海邊，強調對大堡礁保育工作的熱情。	大堡礁，我來了！	海邊	特寫	8秒

可是，你想得到的內容，別人也想得到。

要怎麼讓面試官留下深刻印象？

找出問題點

台詞太過抽象，缺乏具體想像。

「喜歡」並不等於「適合」，更沒有給出錄取的理由。

平鋪直敘，沒有驚喜，看過即忘。

製造亮點：秀一個 30 秒的廣告

　　一份影音履歷就是一個30秒的廣告，推銷的正是自己，如何在競爭激烈的情況下脫穎而出，最重要的是製造亮點。何謂亮點？亮點就是你的競爭優勢，也是你與其他人最大的不同，找出差異性，再做分鏡規劃，說出自己的故事，告訴面試官為什麼想去大堡礁工作，試著從面試官想知道的訊息，重新設計呈現方式，你的影音履歷才有識別度。

　　不要再把影音履歷當成口頭的自我介紹，影音履歷是一個競爭激烈的30秒廣告，想辦法推陳出新，玩出創意，不管是輕鬆、幽默，或是大膽、突破，只要敢秀，你的廣告就有機會被看見。

　　以應徵大堡礁保育員的影音履歷為例，第一個畫面，站在海邊，自我介紹：「我來自台灣，熱愛大海。」這句話對面試官來說是無感的，因為他不一定知道台灣在哪裡？第二個畫面以後，不管是潛入海裡，與魚群共舞，說出：「我喜歡游泳。」或是汗流浹背，努力刷洗泳池，說出：「我擔任救生員，也負責維持泳池清潔。」甚至是坐在機艙乘風翱翔，說出：「我勇於嘗試，不怕危險。」這些內容和大堡礁工作的關聯是什麼？根本無法提供清楚訊息，也沒有給出錄取的理由。

　　因此，在拍攝之前同樣可以先進行SWOT分析，找出自己的優勢，比如自己的特長是搞笑幽默和靈活多變的思維，那麼影片不妨以此為訴求，以「我很會游泳」為主軸，先和其他生物做個有趣的對比，再強調因為會游泳，所以如果遊客發生意外，絕對可以第一時間進行搶救，傳達明確訊息。

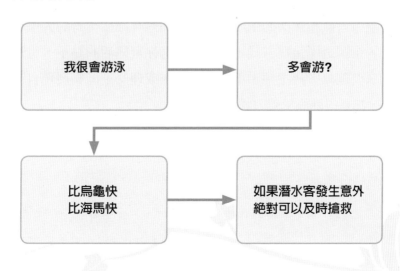

如果自己的強項是環保工作，也可以用低頭撿拾沙灘垃圾，摸摸小螃蟹，參加一日淨灘活動的畫面，以環保為主軸，揭開大堡礁汙染嚴重的問題，期盼以自己的經驗，為大堡礁的保育工作做出貢獻。

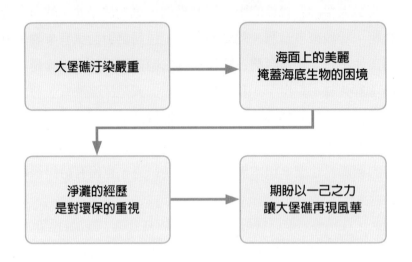

若是想要趣味呈現，玩出新花樣，影片設計在海邊撿到來自大堡礁的瓶中信，想要親自前往解開祕密；或是原本在動物園工作，和動物們成為好朋友，現在也想跟海裡的生物成為好朋友；甚至是受夠出生地的溼冷天氣和擁擠的生活環境，想到擁有絕佳美景的大堡礁工作和生活，企圖透過這種方式，告訴面試官你有靈活的點子，也是一種策略。只要確立影片主軸，重點傳達訴求或理念，能夠展現自己的競爭優勢，都是很好的呈現方式。

……但，這樣還不夠，再來點巧思吧！

一句琅琅上口的廣告詞：15字以內

一份影音履歷就是一個推銷自己的廣告，只有短短30秒的時間，如何在這30秒之內，推銷自己？除了製造亮點，你還需要一句琅琅上口的廣告詞，最好在15字以內，精簡扼要，具體鮮明，主打自己的強項，除了加深印象，更是為了被記住。以應徵補習班英文老師為例，如果想用影音的方式呈現，要怎麼做呢？首先以書面自傳作解析，找出自己的競爭優勢。接著思考，這樣的優勢，可以用怎樣的畫面呈現，尤其是影片的第一個畫面。解析應徵補習班英文老師的自傳，主打特殊的教學方式，擅長設計英文闖關遊戲，讓學生喜歡上英文課，每次上課就像一場叢林冒險，這就是最大的賣點，也是難以用書面具體呈現的項目，影片就以此為主軸，來進行拍攝吧！首先可以為自己想一句琅琅上口的廣告詞，如：

跟著湘湘來一場
叢林冒險

接下來便扣緊叢林冒險的主軸，用鏡頭營造走進叢林，經歷一場有趣的英文闖關遊戲，讓面試官一窺叢林冒險遊戲的奧妙，並藉此突顯自己教學的多樣性和變化，展現特色。

分鏡畫面	說明	台詞	場景	鏡頭	時間
	雙手撥開樹葉，走進叢林。	學英文也可以是有趣的遊戲，跟著湘湘，來一場叢林冒險吧！	叢林入口	變焦（由近拉遠）	4秒
	小朋友們圍在桌前，玩英文闖關桌遊。	A小朋友：學英文竟然可以玩桌遊。 B小朋友：叢林冒險真有挑戰性！	教室	特寫	4秒
	遇到鱷魚潛伏的河流，小朋友思考正確答案。	A小朋友：怎麼辦？鱷魚出現，要怎麼過河？	教室	特寫	4秒
	老師用流利的英文，提示解題關鍵。	別擔心，闖關祕訣就在提示裡。來！跟我一起念一遍。	教室	特寫	6秒
	問題迎刃而解，小朋友露出笑容。	A小朋友：耶！破關了！ B小朋友：學英文真有趣！	教室	特寫	4秒

分鏡畫面	說明	台詞	場景	鏡頭	時間
	自我介紹，表達求職訴求。	我是陳湘湘，擅長將遊戲帶入教學，期盼加入貴公司團隊，讓英文向下扎根。	教室	特寫	8秒

最後，記得加上字幕和背景音樂，整體表述清楚流暢，這就是一個專屬於自己的影音履歷。

量身打造求職自傳

自傳的訴求對象是誰？不是自己，而是面試官。所以千萬不要寫成自我回顧，而是要針對職業要求，找出自己與眾不同的優勢，展現符合職業所需的專業形象和特質。

不同的職業有不同的徵聘條件，千萬不要用同一篇自傳、同一種寫法求職，應該優先針對職業需求作分析，並突顯自己相契合之處，舉出實例，證明能力，為不同職業量身打造求職自傳。

只要能用一篇出色的自傳，取得進入職場的門票，你就比別人更有機會在這裡找到一個合適的位置，成為新的鎂光燈焦點。

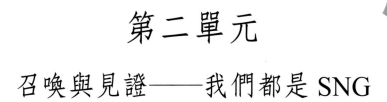

第二單元

召喚與見證——我們都是 SNG

楊雅儒

🍃 人人能報導的今天：看見，以及被看見

2010年，陳樹菊女士赴美接受《時代》（TIME）雜誌「全球百大最具影響力人物」獎項，前後經歷英國BBC專訪與國內外報導。

2015年，台南彩繪村與府城美食登上CNN版面。

2017年，《國家地理》雜誌請人文攝影大師Michael Yamashita拍攝媽祖繞境進香活動，讓台灣宗教節慶盛事更受矚目；同年，BBC與《衛報》均專題報導台灣同志大遊行。

而你知道嗎？

遠在大航海時代，阿姆斯特丹的《荷蘭信使》、法蘭克福的《歐洲每日大事記》就曾大篇幅報導荷蘭失守台灣前與鄭成功發生的戰事。

由此可知，新聞寫作堪稱世界認識台灣的途徑，我們也藉此了解台灣如何「被看見」。而今，新聞媒體多元，各類報導主動向世界傳遞信息，如：《遠見雜誌》於建國百年前舉辦「新台灣之光」推薦活動，報導來自：運動、表演、技藝、藝術、設計、餐飲、教育與公益、財經、學術與發明等領域入圍人選的貢獻。

那麼，**傳遞島嶼大小故事的「新聞寫作」等於「新聞人和寫作者才能做的事」嗎？**不！只要我們善用感官，會說故事，留意看問題的**「出發點」**（召喚）與**「表達方式」**（見證）且兼具**感性**與**理性**，那麼，在臉書與網路直播盛行的今天，人人都能隨時隨地成為記者。只是，是否人人擁有一雙睿智的報導之眼與一枝道德之筆呢？

任何創作必然有其隱含讀者，尤其應用文。「自傳履歷」如此，「新聞寫作」更要求正確傳達信息。但是，問題來了：

記者看見了什麼？

看見的如何轉為報導？

報導的出發點為何？

報導內容的中心思想為何，又怎樣被解讀？

報導目的是否達成？

這些是執行新聞寫作活動的我們都應思索的課題。

同樣 5W1H，不同煉金術

談即時報導之前，我們先來分辨一下：如果同樣有故事可說，且兼具5W1H（Who、What、When、Where、Why、How）的元素，那麼，「純淨新聞寫作」與「文學創作」存在哪些差異呢？有無重疊之處？

純淨新聞寫作：新聞稿、新聞報導	▶
新聞＋創作：報導文學	▶
文學創作	▶

新聞稿

- 多由政府、公家機關、廠商、民間團體主動發給媒體。
- 旨在向大眾宣傳活動、解釋問題抑或行銷產品，也包含發布人事、說明決策等。
- 通常包含：標題、導言（活動名稱與宗旨、舉辦單位、活動內容與時地）、正文（相關負責人之說法）、總結、日期，聯絡人與聯絡方式。

- 發表時機：

可分「事前新聞稿」、「事後新聞稿」。事前新聞稿多為地方政府或企業團體宣傳活動、發布消息之用；事後新聞稿則在發生某社會事件後，相關單位提出聲明與應變之法。

- 網路新聞稿：

發給媒體的稿子宜在標題列出發稿單位與稿件重點。

文字內容可直接貼於郵件，若以檔案上傳，則需要明確的檔名，並減少採用過大或畫質不清的圖檔。

- 舉例：

1. 某市府在春節舉辦燈節活動，可發布新聞稿給媒體，進行推廣之效。

2. 某校提出專業新發現，可發布新聞稿分享。

新聞報導

- 由記者現場採訪所得，或根據知情人士提供，抑或針對主辦單位發出的新聞稿加以修擬。

- 通常包含：標題、導言、正文、總結、日期等，可適度加上圖表。篇幅或長或短，簡要的信息約200字左右。

報導文學

- 流行於1978年高信疆重接時報副刊後，在首屆時報文學獎專設「報導文學」獎，強調社會現實性、前瞻性、文學性的書寫。

- 旨在以人文關懷之眼，挖掘社會被忽視的問題或災難背後的原因影響等。

- 篇幅較長，宜加小標。通常為散文形式。

- 內容不強調即時性，而是挖掘一般新聞容易忽略的問題。特色是結合新聞內容與文學性，兼具理性／感性。
- 舉例：
1. 翁台生〈痲瘋病院的世界〉，以樂生療養院為題，觀察病者與世界的隔離感、倫理問題、醫療狀況，並以悲憫口吻敘寫病患身處的環境與內心世界。
2. 顧玉玲〈長途漫漫：台北捷運潛水夫症工人抗爭二十年〉為一群受職業傷害的捷運工人，發掘其傷害來源，並追蹤工人的發病情形，探究他們在權益上如何受到不公平對待，以及官方回應態度。

📝 文學創作

- 容許創意性的想像與虛構，而非強調紀實性。如：《哈利波特》中倫敦國王十字車站（King's Cross Station）的九又四分之三月台，月台是實寫、九又四分之三的地點則為虛構；其人物則分為魔法師與麻瓜。
- 重視想像力。如：英雄神話經常出現超越凡人的主角，他們或可穿越時空，擁有超自然的神祕助力。
- 多描摹人物心理、事件細節以展現戲劇張力。

以上重點，是否大致掌握了呢？馬上來情境練習吧！

有兩位全球矚目的國家元首舉行重要會議，該如何就以上四種類型進行最理想的呈現呢？

新聞稿（總統府方發出）

1. 明確記述兩位元首的國別、在何時何地因哪些議題開會。

2. 說明元首親自聲明的內容。

3. 簡述該會議的影響層面。

 新聞報導（一般記者）

1. 明確記述兩位元首的國別、在何時何地因哪些議題開會。

2. 摘記兩位元首親自現身說明或請發言人代表報告的討論要點。

3. 簡述該會議的影響層面。

乍看之下，新聞稿和新聞報導似乎涵蓋類似材料，不過，同款料理不同師傅，由主辦單位發出的新聞稿通常較正面報導內容與活動優點、影響；由記者撰寫的報導，則從多元面向進行報導與解讀，「出發點」有別喔！

 報導文學

1. 基本上包含新聞報導闡述的內容。

2. 「出發點」通常有作者主觀關懷的特定對象，他可能著重以某立場或視角出發，或許是當中一個國家的人民，或許是第三方。

3. 「內容」上，針對兩位元首討論的若干議題延展，討論其共識或歧異的觀點，為哪些人、哪些事帶來影響？原因為何？

4. 重點是，通過文學筆法和較為感性的語調，提出作者在此事件中，窺探到哪些應注意的問題，並彰顯其人文關懷。

文學創作

1. 可任選第一人稱、第二人稱或第三人稱視角進行書寫。

2. 強調細節。如：描繪兩位元首在一間什麼樣的會議室裡，牆上掛著誰的名畫，桌上擺放什麼花？哪些茶點？介紹茶點出自哪位高手，解讀其背後象徵。

3. 放大人物。譜寫兩位元首的穿著、坐姿、手勢，他們的服飾配件與價值如何？表情、聲調又如何？這些姿態顯現了高低位階嗎？

4. 彰顯話題。敘寫他們聊了什麼機密？這些機密涉及哪些利害關係，其他國家會受什麼影響？

5. 心理摹寫。當他們一面對話的同時，內心勾連起哪些個人回憶？

當然，上述問題也許有時在今日的媒體報導也能看到記者描述，不過，這些鏡頭特寫、人物心理的想像、場景的虛實變換，仍是文學創作所聚焦的。

好故事從哪來？站在此時此地，善用「頭條」概念

釐清了新聞報導的內容要點後，接下來就是「選題」了！所謂新聞，其實就是你我身邊的新鮮事、重要大事，然而，並非所有在大街小巷發生的事都適合成為素材。

課堂上，我常請全班學生化身記者在校園繞一圈，發掘即時新聞，帶回教室立刻寫下。收回作業後，往往發現有如下類型的報導：

社團、宿舍、科系活動

　　通常近三分之一的同學會報導校園「交通」問題，舉凡：行車狀況、U-bike使用情形與安全性、路面不平或路線規劃、騎乘者與行人之間的驚險互動等；另有三分之一同學報導校園「天氣」好壞帶來哪些愜意或可怕的景象；再次，會提及宿舍使用、社團活動、科系之夜等。

　　那麼，要如何辨別這些素材是否大家感興趣且具有可報導性呢？亦即，記者該如何寫個好「故事」呢？

　　首先，我們不妨省思：**如果我要在一座城市（如：宜蘭、新竹、台南……）找到屬於今天值得報導的「頭條」，那會是什麼**？進而，「換位思考」，想想作為大眾讀者，哪些是我們很好奇、想追蹤、有權利知道的信息？

　　再讓我們想想，倘若報導一座「城市」的今日要事，「天氣」很重要嗎？其重要性在何時被突顯出來呢？當然，天氣有時很重要，若因「颱風」帶來災害，影響市民生命財產安全，這是必須報導的；抑或在某地出現不符合當季的天候狀況，如：炎熱的八月忽然下起大雪，或者在全球氣候變遷下不時出現的怪象，那麼，這當然要報導。然而週末天氣晴朗，市民出遊散步，這會是讀者特別想了解的訊息嗎？它不會成為一座城市的頭條，也不太需要在校園被放大處理。

　　不過，此處並非意指天氣不重要喔！氣象報告的颱風動態、寒流來襲，無不與我們生活密切相關，然而，在氣象報告之外的新聞呢？我們其實會關注由天氣延展出來的相關議題，如：寒冬中的活動、飲食穿著皆可成為話題，而同樣是吃火鍋，可以著重於創意料理、特殊餐廳，亦可能關注是否有查驗不合格的黑心食品問題，如下圖表：

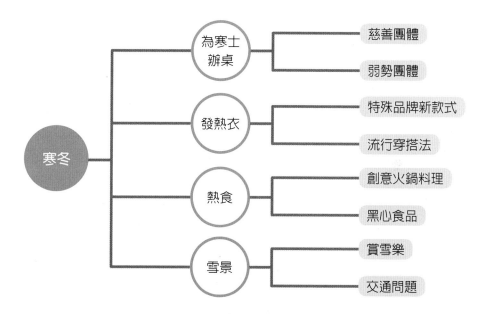

　　同樣與寒冬有關的新聞，可以開展數個子項目，而每個子項目的切入重點又可細分。由此可見，報導素材比比皆是，哪一個項目別具話題性或切合當下人們關切的，就是我們要寫的，而有時，這些話題也可以由記者主動挖掘，帶領讀者／觀眾了解。

　　接下來，我們回頭討論，該如何尋找一座「城市」的重要新聞？不妨實際上街隨時停、看、聽吧！以下我們嘗試列出三則：

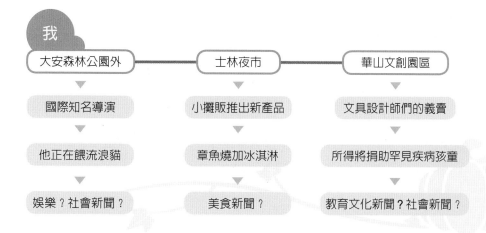

第一則

國際名導演餵食流浪貓。國際導演原是鎂光燈焦點，而他此時所做的事情非關拍片或宣傳，而是默默餵流浪貓，似乎格外親切。若予以取材，人物是眾所注目的，其次，他所做的事也是愛貓人士與動保團體歡迎的，再者，可反映其社會關懷，不失為一個有亮點的素材。

如果，我們特寫導演的愛心，也許可刊登於影視娛樂版；如果我們特寫流浪動物之多，呼喚各界關注，並以名導演的愛心為例，也許可見於社會新聞版。

第二則

士林夜市的攤販新產品。乍看之下，這項小吃有「新奇感」，是路人想品嚐的，這類新聞偶爾夾雜在電視新聞報導。不過，可以細想，這份素材夠不夠成為重要訊息呢？不妨留意：

攤位的排隊人潮夠長嗎？

它推出的時間多久，是美食愛好者「必買」的點心了嗎？

做此試驗的老闆是否有話題性？

我們要歸類於哪個版面呢？相較同一版面的其他新聞，它亮不亮眼？這些評估，將協助我們**快、狠、準**抓取故事題材。

第三則

文創園區的公益活動。若該活動不夠大型，適宜報導嗎？可以想想：

這群文具設計師能否成為賣點？

如果他們設計風格有別，提供多元選擇，那麼喜愛文青風格產品的大眾會感興趣；其次，活動意義在於協助罕見疾病兒童，相較於第二則的新鮮趣味，這一則別具人文關懷，**召喚了大家的同情心**。

根據上述三則，請問：你心目中認為最值得報導的事件是哪一樁呢？

這個提問，基本上很難有標準答案！但這個問題卻能提醒我們自省：我最關心怎樣的話題？政治？教育文化？經濟？國際外交？我喜歡嚴肅的？辛辣的或者趣味的消息？

當我們學習廣泛採集資訊後，進而可觀察某個新聞類型下，通常聚集哪些可報導的題材，下以政經新聞為例：

政經新聞	政治人物動態	經濟活動	新政策推動
	市長演說、參加國際交流活動	地方特產促銷活動、引進新技術	交通、勞工、公共設施

那麼，社會新聞版面則可能報導地方掃黑掃黃或重大案件的發生與處理；至於教育文化新聞，則如：地方公益活動、當地校園事件或特殊活動、大型節慶表演、甚或推動觀光的美食展促銷等；而娛樂版面，可以是某國際巨星或知名偶像今日前來某表演場合，引起旋風。其他類別，則如：體壇最新賽事、或新產品的上市與消費。

最後，我們放大歸納，一座城市的重要新聞可能包含以下類型：

城市	政經新聞　|　教育文化新聞　|　娛樂新聞　|　社會新聞
	其他：＿＿＿＿＿＿

因此，一座城市的今日重要新聞，其實可以從上述不同面向取材。循此，我們進一步思索，若是一間「公司」的今日頭條呢？

公司	產品研發與行銷　｜　人事異動　｜　制度變革、併購
	其他：＿＿＿＿＿＿

又或者，如果做為一座「校園」的今日頭條呢？無論教育新制、校內政策變革、交通問題、或者宿舍、活動、餐廳美食等，皆能成為報導主題，然而，它應當要有**「話題性」**、**「衝突性」**存在，如：這一則頭條與多數人的權益有關，會改變許多人習慣的生活模式或思維，或這項消息的發布將引發一陣旋風，吸引大家的興趣，抑或它關乎少數人權益，卻隱含眾人應當關注的課題等。

✄ 標題怎樣放電？活用吸睛術

擁有好題材，也需要有醒目的標題，誠如動人的曲調歌詞，需要讓人印象深刻的歌名。小說、新詩、散文或戲劇的標題之所以吸引人，主要因為其標題具有「陌生化」（Defamiliarization）效果，即善用修辭轉化或譬喻拐個彎表達，化熟悉的事物為具有新意義的語言感受，引人無限遐想；然而，**新聞寫作標題則不宜「九彎十八拐」**，因為閱讀對象是一般大眾，站在讀者端來看，大眾吸收信息的時間有限；而站在發送端來看，為了即時性，更應力求清楚扼要！

然而，**事實是太平凡直白的標題又未必能吸引讀者**，因而，新聞寫作標題多半有幾種常見的吸睛寫法，如：展現「戲劇性」畫面的標題，〈連日梅雨轟炸 大湖產業道逾30處崩壞〉（「民視新聞」邱俊超、張士政苗栗報導，2017.6.17），乃透過轟炸、崩壞等強烈字眼，彰顯梅雨之大；而〈首富割肉 王健林新身價不菲〉（《旺報》陳曼儂／綜合報導，2017.7.27）乍看之下，「割肉」二字引人注目，實際上指稱賣房。

有時，記者也採用驚悚字眼報導犯罪事件或災難新聞，但我們應檢視這些用法是否恰當？當社會發生一樁慘案，標題卻赤裸地寫出血肉模糊的慘狀或殘忍的犯案手法，或許引發讀者不適的感受，也難免對當事人家屬造成心靈二度受創的可能。

　　另新聞報導時常夾雜流行用語，一方面為呼應時事潮流，一方面增進讀者共鳴與興趣。舉例來說，目前常見用語，包括：

> 94狂、毛小孩、鄉民、有洋蔥、傻眼貓咪、藍瘦香菇、吃土、屁孩、森七七、嗆、打臉、魯蛇、眼神死、神回、威、飆、寶寶、已讀不回、人肉搜索、地表上最○○○、踹共……

　　由於新聞報導具「時效性」，因而該用語即便幾個月後、幾年後不再流行也不太要緊，相對地，成語的流傳則有適切的運用方式，故應謹慎，避免誤用。

　　關於標題結構，通常有主副標。主標功能在吸引注意，副標則抓出範疇，提供更多信息量，以下歸納常見的三種型態。

第一種類型是「基本款標題」，如下：

1 數字會說話

　　強調性的字眼或數據資料通常很搶眼。

　　◎〈全球最嚴禁塑令！肯亞擬罰款百萬、坐牢4年〉（《中時電子報》，何宜玲，2017.8.30）→它以「全球」彰顯比較範疇之大，「最嚴」則標顯出其特殊性，而百萬、4年，則以數字明快地提出重點，藉以說明肯亞對環保的重視。

◎〈台科技部四年砸四十億提升半導體競爭優勢〉（《大紀元新聞網》，徐翠玲台北報導，2017.6.16）→此以顯眼的投資時間與數目為標題。

2 因果思考法

◎〈餓到瀕死邊緣！全球的北極熊正面臨這3個問題〉（「Knowing新聞編輯部」，2017.12.10）→該標題先提出多數北極熊的現況，再揭櫫其瀕死原因。

3 專家怎麼說？

◎〈日本研究：防曬乳擦太多可能會有骨質疏鬆〉（《今日新聞NOWnews》，生活中心／綜合報導，2017.7.12）→此標題提出一反民眾日常生活習慣的新認知，加上「日本研究」，似乎隱含學術價值。

◎〈北韓核威脅〉南韓國防部：北韓擬再射彈 不排除7度核試〉（《自由時報》，編譯茅毅、林翠儀、陳正健／綜合報導，2017.9.5）→此標題針對全球關注的北韓核武測試，提供南韓的回應。

第二種類型是「修辭性標題」，常見以下兩種：

1 對比古典美

標題運用排比或對比，除了充實語意，有時顯現「映襯」效果。

◎〈小姊妹遇搶劫 流浪狗護衛隊挺身相救〉（《今日新聞NOWnews》，寵物中心／綜合報導，2017.7.23）→此標題先以小姊妹遇搶劫抓取讀者目光，再用「對比」句型彰顯流浪狗救命的表現，博得大眾好奇。

◎〈窮山惡水中的遍地珍珠 左鎮祕境瑰寶〉（《台灣好新聞報》，地方中心／台南報導，2017.12.8）→以窮山惡水和珍珠相互映襯，彰顯左鎮的民宿好風光。

2　雙關想像多

　　雙關修辭運用於廣告與新聞標題最為豐富，也由於它造成一種歧義的效果，故特別容易吸引讀者點閱。

　　◎〈七夕約會電影懶人包　痴情男子漢LINE著你〉（「卡優新聞網」，溫子豪，2017.8.26）→該報導因應情人節，介紹《痴情男子漢》與《真愛LINE著你》等影片，標題除了結合兩者成為新意，同時也與「賴著你」諧音雙關。

　　◎〈「加倍」祝福　餐廳轉贈盆栽供義賣〉（「Peopo公民新聞」，2017.8.24）→它擬仿2013年熱門日劇《半澤直樹》的台詞「加倍奉還」，強調餐廳義賣行為，雖是加倍，卻是祝福。

　　◎〈男雙兩路進擊　「乒」進4強〉（《自由時報》，記者粘藐云／新北報導，2017.8.28）標題→此見於2017年台北舉辦的世大運賽程，該標題以打拼和「乒」乓球的語音結合，同時呈現音／義。

　　◎〈泰有趣故事　泥巴變黃金　世界最大室內金佛〉（《人間福報》，釋妙熙，2017.2.20）→以「泰」有趣取代「太」字，彰顯內容與泰國的相關性。

第三種類型是「召喚共鳴性標題」：

1　問到你心裡

　　拋出問號，既可「誘引」讀者注意，亦與讀者產生交流感。

　　◎〈國民年金保費繳了沒？10年大限明年將屆　上百萬欠費民眾年資恐不保〉（《風傳媒》，林上祚，2017.2.7）→此處問號做為一種「提醒」效用，並引出年金制度問題。

　　◎〈星光部隊　漸移澳洲？〉（《聯合新聞網》，程嘉文／台北報導，2017.9.23）→針對國際與軍事的議題，提出新加坡和澳洲簽訂軍事訓練計畫，逐步減少在台演訓的情形。

② 「獨家」魅力大

　　有些標題強調新聞本身的罕見性，抑或強調媒體優勢，表示獨家直擊或內幕在此，或以某競選人物打的如意算盤、某單位的新安排、某合作計畫背後的實情等詞語爲題，藉此增進內文點閱率。

③ 爬集體記憶

　　有的標題吸引目光乃因它「召喚」了集體記憶，如：回顧美國九一一事件、台灣九二一地震後的重建之路、日本三一一地震與海嘯的X週年綜合報導等。

④ 名人新動態

　　公眾人物本身即有亮點，誠如近年所謂「柯文哲現象」，故其發言、行動、觀點皆受矚目；又如具有影響力的人物一旦有新動向，也必然直接在標題占重要地位，如：川普、金正恩。

⑤ 搭熱門話題

　　◎〈爆紅厚奶茶到底是「厚」什麼？ 成分大解密啦！〉（黃毓棻，《食力FoodNEXT》食新聞，2017.10.3）→乃針對新上市的物品銷售進行說明。

　　在上述「技藝」背後，還能如何增加標題深刻度呢？建議以下三點放在你我心上：

🛩 **逼眞，而不逼死人**：我們盡力還原現場，但不以文字進行人身攻擊。

🛩 **明晰，而不寫謎題**：我們力求在有限的標題字數顯示最精確的用語。

🛩 **放大，而不搞浮誇**：我們聚焦事件問題，但不採用誇張不實的說法。

⋀⋀ 放電練習 ⋀

　　請針對近期台灣某事件，擬列上述不同型態的新聞標題（至少三種）。

🦋 穿上合適的鞋子，才能有灰姑娘的際遇！

接下來，我們介紹新聞寫作的架構。暫以〈晏子使楚〉爲例，原文如下：

> 　　晏子使楚。楚人以晏子短，楚人爲小門於大門之側而延晏子。晏子不入，曰：「使狗國者從狗門入，今臣使楚，不當從此門入。」儐者更道，從大門入。
>
> 　　見楚王。王曰：「齊無人耶？」晏子對曰：「齊之臨淄三百閭，張袂成陰，揮汗成雨，比肩繼踵而在，何爲無人？」王曰：「然則何爲使予？」晏子對曰：「齊命使，各有所主：其賢者使使賢主，不肖者使使不肖主。嬰最不肖，故宜使楚矣！」

以這篇文學作品改寫爲新聞報導曾出現於97年學測作文考題，當時規定：「**試以楚國、齊國或第三國記者的身分，擇一立場報導此事件，不必擬新聞標題。**」請試想，我們應當如何進行呢？首先，根據該文給予的信息掌握5W1H：

抓出要素後，就必須要思考改寫成新聞報導後，立足的出發點爲何？你想著重哪個人物，是晏子靈活的應對抑或企圖惡整晏子卻反而

落居下風的楚王呢？請先依據下表，觀想各種立場切入的敘事視角會運用哪些詞語？

報導
切入視角

齊國
＿＿、＿＿

楚國
＿＿、＿＿

第三方
＿＿、＿＿

　　填好上表了嗎？

　　倘若我們著重在該文的靈魂人物晏子，那麼，從「齊國」角度出發或可改寫為：〈三度刁難，三度神回——齊國外交官晏子不怕鄰國打壓〉、〈楚王輕慢我使者　晏子沉穩展現齊國高度〉的即時報導，以展現晏子才氣的高度，彰顯楚王的傲慢。

　　若從「楚國」角度出發，或可寫為：〈齊使者來訪，人小口氣大〉、〈楚王親迎齊使者，嘴上測試晏子機靈度〉這類篇章，可顯示楚王如何出難題，和齊國使者交涉。

　　又，從第三國記者身分來寫，則可以是：〈楚／齊論辯交鋒　引發國際關注〉。循此，你是否發現標題就隱含「立場」呢？

　　至於如何將5W1H與切入角度串連起來呢？在新聞報導首段，我們通常可清楚標出主角、地點，將晏子出使面臨楚國給予難題，巧妙回應逆轉情勢一事概要敘述，並點出結果。如此一來，若匆匆瀏覽新聞的讀者，亦能迅速捕捉事件消息；正文可增補楚國刁難的情形，但不宜陳述過多對話細節，也應避免放入主觀修飾詞語；最後，再概要總結。

　　不過，可採用的寫法當然不只一種。在傳統純淨新聞寫作上，有幾種常見書寫「結構」：

　　所謂「**倒金字塔**」結構是初入門時較容易掌握的。就如前文舉例晏子使楚的寫法，它屬於頭重腳輕的報導方式，最重要的內容集中於前半，即在導言先囊括重要人事時地物，以便讀者迅速掌握事件消息，次段依重要性遞減的順序行文，結尾最簡略，一般認為若有必要刪減版面，可直接刪去結尾。這類結構多用於發布重要或緊急消息。缺陷在於不適合分析事件背後的問題，其結構也容易流於僵化。

　　當然，我們可藉此省思：不重視結尾的寫作方式，真的是好做法嗎？

　　「**金字塔型**」的重心則在後半段，可按時序陳述，適用於較具臨場感，有故事情節的新聞事件；缺點在於需要讀者耐心讀畢，否則難以立即抓取重點。

　　「**槌頭型**」結構包含導言與軀幹，其導言篇幅較短，先簡要交代事件重點，不需要先完整交代5W1H；軀幹方面則要完整整理事件內容，前後對照一簡一詳細。

　　「**問答型**」，則以記者詢問報導對象的問題對答陳列下來，或記錄報導對象群的相互對話，藉以彰顯主題，此亦有現場感。

　　至於「**對比型**」則通過對照彰顯個別特色，如：〈摩天大樓行情比一比 香港第一台北第九〉（「中央社」記者韋樞，2017.7.19），此新聞標題意在比較兩方特質。

　　上述常見的架構雖是新聞寫作必知的幾種寫法，但其實當今新聞

媒體多元，加之許多訊息來自爆料公社，故而寫法已未必全然謹守上述方式。

　　如何避免篇幅冗長、敘事瑣碎、流於僵化？我們建議：基礎框架，微型創意。在上述架構下，仍容許一些變化，如：許多報導在篇幅足夠的情況下，為平衡報導事件，即善用「小標」分段陳述各方立場與觀點，或結合兩種框架共構而成。因此，確立報導要發表的地方，訴諸對象，呈現哪些重點，具有多長篇幅，適度與潮流呼應自然可行。無論如何創新，要記住，穿上合適的鞋子，才能有灰姑娘的際遇！

收斂修辭術

　　有了好的故事，選好了架構，該如何將細節串連好而不白白浪費好題材呢？以下根據學生寫作常見的問題，試擬兩例，說明新聞報導應如何去除修飾化語句，避免過多主觀感受的表述：

故事一：桃園市政府在勞動節期間與電影館、大專院校合辦紀錄片影展。

| 標題 | 〈向勞工團體致上最高敬意 桃園影展熱情邀請民眾共同參與〉 |

| 導言 | 【民間最大報 記者唐小羊／桃園報導】桃園市市政府勞動局因應五一勞動節，從5月1日至5月7日期間，於市立電影館與大專校園播放勞工權益關懷的系列紀錄片，今日開幕典禮也邀請到深受歡迎的市長M蒞臨致詞，盼能藉此喚起大眾關心經常被忽視、不被看見的一群辛苦勞工。 |

| 正文 | 在台灣當下的職場環境，有許多外籍勞工遭受令人不舒服的文化歧視抑或因惡劣黑心的仲介影響，或者暴露在危險的工作場域造成職業傷害，而他們的工作情形卻很少被注目，彷彿一群不存在的人。因此，這次的電影放映活動希望透過電影主題，引導觀眾思考勞工與資方、社會的關係 |

互動，了解世界各國勞工與移工的問題，而每一場電影播放完畢後，也將邀請導演、資深影評人、或勞動團體代表前來分享想法與交流。

結語　這次影展將播映來自韓國、法國、日本、巴基斯坦等地共10部電影，詳情可查看「桃園市政府勞動局」官網。
（2013年5月1日報導）

根據以上示例，你看出哪些問題了嗎？

① 標題設計過於冗長；

② 內容方面，被框起來的語句主要是形容詞或贅詞，這些詞語過度顯現記者主觀感受，有礙於讀者接受信息過程的客觀認知。

我們或可更正如下：

〈向勞工致敬　桃園影展邀請民眾共同參與〉

【民間最大報　記者唐小羊／桃園報導】因應五一勞動節，桃園市市政府勞動局從5月1日至7日期間，於市立電影館與大專校園播放關懷勞工權益的系列紀錄片，今日上午由M市長蒞臨電影館揭開序幕。

在當今台灣的職場環境，仍有許多外籍勞工遭受歧視，或暴露在危險工作場域而造成職業傷害。此放映活動希望引導觀眾正視勞工與資方、仲介、社會的關係互動，了解勞工與移工的問題，而每一場電影播放完畢後，也將邀請導演、資深影評人以及勞動團體代表在現場對話。

這次影展將播映來自韓國、法國、日本、巴基斯坦等地共10部電影，盼透過世界多元觀點回首台灣制度隱含的問題。詳情可查看「桃園市政府勞動局」官網。　（2013年5月1日報導）

故事二：台北士林捷運站發生一名男子攻擊路人的事件。

標題　〈惡劣渣男不工作　情場失意後轉傷害無辜民眾〉

導言　【照亮社會報 記者歐陽花喵／台北報導】今日（十一月八日）上午七點於士林捷運站發生一起駭人聽聞的事件。一名叫黃大虎的老先生在搭乘電梯前往月台時，忽然被後方男子以雨傘用力襲擊頭頸數次，造成老先生後腦勺有輕微腦震盪情形，正在醫院接受觀察治療；而傷人男子則立即被送往警局釐清襲擊動機。

正文　據警方了解，傷人的林姓男子原為一名工程師，但因長期酗酒，上班經常遲到、出包，而被公司開除，他不知悔改反而要女朋友為他支付生活開銷，女友不願見他沉淪，提出分手希望他能冷靜想清未來。不料，林姓男子非但沒有羞恥心，還變本加厲將情緒隨機發洩到無辜的路人身上，實在極為惡劣，反映出時下道德淪喪的民風。

結語　記者採訪林姓男子時，他絲毫沒有悔意，還反嗆：「輪得到你們來管我嗎？」可見氣焰囂張，不難想像他的女友深受其害。這種不願意為自己負責並反省過錯的人，司法應當從嚴審判，以免造成大眾疑慮或效仿。

　　觀察這一則報導，標題呈現因果承接關係，根據內文可了解傷人男子的犯罪動機乃因一連串失意造成。其故事細節描寫不少，對人物的心理與特色也做了評述。但應注意：

① 為保隱私，不宜提出當事者全名，尤其是受害者；
② 用字遣詞多彰顯記者主觀情緒，且多以「道德性」判斷予以批判；
③ 逕行揣測男子經歷（如：不難想像他的女友深受其害）。

以上皆為習寫過程容易失衡之處。我們可微調如下：

〈失意男子情緒發洩 無辜民眾遭波及〉
【照亮社會報 記者歐陽花喵／台北報導】今日（十一月八日）上午七點於士林捷運站發生一起傷人事件。一名七十五歲老先生在搭

乘電梯前往月台時，忽然被後方男子以雨傘用力襲擊頭頸，造成老先生後腦勺有輕微腦震盪情形，目前在醫院接受治療；而傷人男子則立即被送往警局釐清襲擊動機。

據警方初步了解，傷人的林姓男子原為工程師，因長期酗酒，上班經常遲到、失誤而被公司開除，失去工作後，他要女朋友為他支付生活開銷，女友則提出分手希望他冷靜想清未來。不料，林姓男子將此負面情緒隨機宣洩在無辜路人身上。

記者採訪林姓男子是否要對老先生道歉時，他怒喊：「輪得到你們來管我嗎？」整起事件，尚待司法更完整地調查以作判決。

即使 SNG，也難以完全還原現場

新聞寫作理應要求資料來源、採訪內容、調查細節、行文遣詞客觀且真實，然而，這個要求落實於現實並不那麼容易。畢竟，新聞媒體經常藉由刊登企業廣告賺取經費，而媒體本身也以營利為目標，因此，所有報導能否全然客觀，這本身就是個問號。但姑且不論媒體的經營策略，單就同一樁時事、同一張照片，不同媒體或報導記者所持的立場與取材就不盡相同，即便在新聞現場，記者也可能各自針對有感覺的畫面報導，而現場採訪人物的問／答也各為所用。從新聞報導的標題，即可察見不同切入視角，此說明新聞寫作存在著相異的報導立場。

舉例而言，2014年3月18日由於國民黨立委張慶忠宣布服貿協議逕送大會，當天晚上，反服貿學生攻入立法院，產生後續所謂「太陽花」學運。當時學生進入立法院後數日內，各家媒體即曾出現如下新聞標題：

《自由時報》：〈學生攻佔議場 要求逐條審查服貿〉、〈佔領國會〉學生參與抗爭 學界反應不一〉、〈反服貿！教授嗆：人民有權擴大抵抗權〉……

《中國時報》：〈200學生強攻議場 爆衝突〉、〈學生高唱向前行 台灣民主倒退嚕〉……

《聯合報》：〈反服貿學運 綠動員力挺 藍嚴厲譴責〉、〈學生攻占立院 CNN開專區報導〉……

《蘋果日報》：〈上百學生攻佔議場 國會史上首遭 反服貿爆衝突〉、〈服貿戰 綠發動全民包圍 馬批「不要做台灣罪人」〉、〈未審就送院會 違反協商決議〉、〈服貿逐條審查 有藍委倒戈〉……

　　根據上述簡列的「標題用語」，或可對照不同媒體報刊的立場所聚焦的事件面向有其差異。須文蔚〈再現台灣田野的共同記憶〉曾表示：「其實傳播界近年來不少論述修正了『新聞報導是客觀』的看法，不再認為記者能像鏡子一樣反映社會真實。」[1]實際上，媒體與企業、政治的環環相扣問題，不只台灣如此。但即便記者不免具有其個別立場，或因應所屬的媒體資金來源與意識形態等因素而影響報導的用語或角度，仍應注意消息來源的時效性與正確性，更不可違心造假與斷章取義。

放大鏡
請根據今日報章的新聞標題，挑選你認為下標完美與不理想者各3則，並闡述原因。

1　須文蔚，〈再現台灣田野的共同記憶〉，向陽主編，《報導文學讀本》（台北：二魚文化，2004），頁33。

🦋 不能沒有你：報導倫理

　　雖然，新聞報導不可避免其主觀立場，但其實，報導態度仍應以傳遞、記錄事件消息爲首要，而非進行裁決，因而用字聳動、加入太多鄉民、名嘴式的口吻，或未經查證搶發新聞導致事後轉換立場扭轉報導內容等，都是比較不理想的做法。不過，當今新聞書寫常以鄉民觀點或價值評斷，民眾也已習慣這種報導模式。在這種潮流中，我們需要先想清楚自己的角色定位，我們是記者，並非法官，不宜過度「介入」情節發展。

　　至於行文，若報導一樁案件的發生或一場名人演講，則可著重「臨場感」。但內容應力求陳述具體事實、簡潔而完整地平衡報導。用字遣詞應選擇容易辨讀的字眼，省略冗詞、不必要的形容，且因受眾來自各方，故也需要減少使用專有名詞。

　　另外，現今新聞媒體令人詬病之處還包括刻意揭發過多個人、家族隱私資料，除了緊盯名人動向與其家屬成員，對一般民眾也常以「起底」方式，追查其個資或相片等，有時直接公布當事者姓名、年齡、學經歷。因而報導的界限該如何拿捏呢？亦即，新聞寫作該如何滿足民眾「知」的權利，同時展現「人文關懷」而非八卦報導？我們不妨**換位思考**，倘若我們身爲公眾人物，是媒體追逐報導的對象，我們總期望報導合乎事實，不希望被公開個人較爲隱祕的私事，且不會波及身邊的人。故而，報導內容是民眾應當知道的，但不宜侵犯他人個資和過度煽情，加入主觀猜測隨民情霸凌當事人。

　　在言論自由、新聞自由的要求下，發布新聞之前不如先反身思考：

我所理解的信息是否正確而完整？有無具公信力的單位資料佐證？

應如何報導以便具有客觀性？

我的報導目的為何？是聲張什麼樣的正義？是否為了攻擊某人或保護誰？抑或為了取悅多數人？

是否清晰報導我看見的、查證的，而非我覺得、我猜想的？

我所報導的故事和用語，將對社會帶來什麼影響？

而下一單元，我們將談談深度報導的特色與執行方式。

第三單元

冒險與回歸——
深度報導觀「事因／世音」

楊雅儒

　　如果你不否認人生就是旅程，那麼，執行「深度報導」更是一趟冒險。我們需要敞開敏銳的五官觀察周圍人事物，不僅要發掘新奇的、趣味的、嚴肅的、驚悚的、被忽視的事件或人物，更要探索其「原因」，了解它形成問題的「背景」，進而思索其未來發展的可能。因而，在此單元，我傾向參照喬瑟夫‧坎伯的英雄旅程論述、卡蘿‧皮爾森的「內在英雄」原型、克里斯多夫‧佛格勒的《作家之路》進一步發展的說故事形式來進行教／學模式。

深度報導有多深？

　　有時候，故事素材就彷彿電影劇情一樣，或冷或熱，或冷僻或通俗，但**是否較冷門的事件，就不值得報導呢？**倘若，一則故事是眾人所忽視，卻牽涉到環境、文化、弱勢團體，那麼，**它更需要勇於見證與擅於報導的人**，此處，我們以「英雄」名之。

　　深度報導，強調的不僅是夠「**深**」，其實也兼顧調查的「**廣**」度。這一點，由「報導者」出版的《血淚漁場——跨國直擊台灣遠洋漁業真相》即落實此特色。該書從印尼漁工之死開始追蹤，調查足跡遍及台灣各地漁港，並親自訪問第一線工作人員，藉以了解漁船作業、報假帳等，且與印尼報導團隊合作，可見其考察面向之「**廣**」。而從漁工之死，挖掘船上的階級制度，漁工與仲介關係，以及遠洋漁業的操作手法，可見報導之「**深**」。最重要的是這些報導更獲得受害者家屬的期待，期待藉此平不白之冤，此即深度報導的核心精神，即「**人文關懷**」。

　　這本調查之書，歷時約一年之久，可見深度報導的籌備與執行並非一蹴可幾。而由於每日網路充斥快速傳播又容易遭到淹沒的即時資訊，因而針對某些有延續性、討論性的議題，時下流行所謂「懶人包

／卡」，雖彙整資訊幫助民眾快速閱讀相關報導，了解事件與不同說法，然其調查深度有限，「深度報導」則能嚴謹地深入調查與研討事件的**遠因、近因、發展、影響**有其重要性。

一般專題深度報導可以是：

這些報導旨在發掘**「被隱藏的眞相」**，以建立一個話題的深入了解。下圖概要區分即時新聞與深度報導之別：

即時新聞

1. 當事人　　2. 事件發生當下　　3. 基礎內容

4. 事件現場　　5. 簡單說明原因　　6. 簡述經過

深度報導

1. 相關關係人、第三方意見　　2. 追溯過去與預測未來　　3. 著重前因後果

4. 相關的空間場景　　5. 探索近因遠因　　6. 特寫經過與影響

其實深度報導種類多元，舉凡任何值得延伸探究原因、細節、影響力的時事，皆值得進行。以下概述其特點：

① 闡明報導主題的背景脈絡有何意義與重要性，通常此即調查的出發點。

② 主題有「公共性」而非個人隱私的挖掘；且具「深耕性」，而非短暫性的小事件。

③ 提供具體有力且經查證的訊息。作者必須根據主題探訪相關人員，且是多位，而非少數人意見。而爲了讓大眾更明白狀況，宜適度搭配圖表、數據資料。

④ 從事深度報導，難以求短時間內馬上達成效果或獲得完整資訊。因而，著手開始前，可先企劃具體方向與執行方式、進度安排，並詳讀相關資料。

⑤ 深度報導可同時結合專題、調查、解釋三大方向與方式。

綜上所述，書寫形式需要理性而縝密，但是，追蹤問題的動機與態度卻是感性且需要耐心的。

🍂21世紀的 T.R.A.V.E.L 報導力！

建構一個好的專題故事，不僅能造福相關人事，也將使我們的探險精彩萬分，獲益深遠。以下，我將「旅行」的英文單字拆解如下：

| T Target | R Run | A Ask |
| L Love | E Emotion | V Voice |

T	Target	➡	鎖定目標，決定探索主題。
R	Run	➡	執行它！動起來規劃行程。
A	Ask	➡	訪問與調查。
V	Voice	➡	報導應有主觀立場與聲音。
E	Emotion	➡	下筆要有情感。
L	Love	➡	源於愛的人文關懷。

合起來，這就是「travel」，不是嗎？我們就以旅行的概念，運用「英雄旅程」與「內在英雄」的典型做為架構來操作深度報導的撰寫吧！

1 召喚：出發點

➤ 在我們生活裡，我最關心什麼呢？──你是否經常如此自問呢？

➤ 我所關切的事物，存在哪些問題？──你是否曾萌生探尋的念頭呢？

➤ 對於不為人知的議題，我可以做些什麼呢？──你是否曾想起身做些事情？

想這些，太抽象了嗎？那麼，讓我們再靠近一點：

➤ 最近有哪樁新聞事件特別令我有感？（困惑／害怕／厭惡／感動／憂心）

➤ 生活周遭或我關心的領域有什麼人，是我很想深入了解的？（舞台劇表演者／建築師／牧師／受災戶／某社運人士）

循此，我們先擬下表，將自己關心的事件或感興趣的對象先羅列出來：

為何出發？

| 年輕人怎麼存錢都難買房！ | 我們吃的雞蛋有毒？ | 捐出的舊衣，如何被利用？ |
| 聽說素食可以救地球？ | 大家為何迷上時空穿越劇？ | 消防隊員何以犧牲？ |

為誰出發？

　　當我們清楚：「這個主題與我有何切身性？我為什麼、為誰而發聲？」如此，便能鎖定某個大方向。

② **尋寶圖：前人成果**
　　如果我們決定就某方向更進一步了解，那麼，要做的功課包含：
查看有無哪些前行報導？

它們還缺漏哪些值得調查的線索呢？

哪些地方有疑義需要重啓調查呢？

而議題的擬定其實會經過調整，假設我們所關心的議題，最初冒出許多關鍵詞，如：台灣的醫療品質、醫院分級、醫護人員過勞、資源、用藥等，這些議題各自得以開展諸多子項，如果我們時間、資源、團隊成員、篇幅有限，就需要一面查詢資料，一面劃分類別思考何者是當下最想「深入」探索的部分，以便在特定範圍內開展「廣泛」的調查，如：

```
                    ┌─────────────────┐
                    │ 醫護人員、醫院   │
                    │ 用藥、治療       │
                    └─────────────────┘
          ▼                  ▼                  ▼
  ┌───────────┐      ┌───────────┐      ┌───────────┐
  │ 醫護人員   │      │ 醫院特色   │      │ 治療方法   │
  │ 過勞問題   │      │           │      │           │
  └───────────┘      └───────────┘      └───────────┘
       ▼                  ▼                  ▼
  ┌───────────┐      ┌───────────┐      ┌───────────┐
  │ 休假制度／ │      │ 教學／新制 │      │ 新出爐的成 │
  │ 生活品質／ │      │ ／地區醫院 │      │ 果／某疾病 │
  │ 進修情形   │      │ ／醫學中心 │      │ 的治療方法 │
  └───────────┘      └───────────┘      └───────────┘
       ▼                  ▼                  ▼
  ┌───────────┐      ┌───────────┐      ┌───────────┐
  │ 護理人員的 │      │ 某（類型） │      │ 比較各種療 │
  │ 工作分配與 │      │ 醫院的資源 │      │ 法的影響、 │
  │ 休假、福利？│      │ 運用比較？ │      │ 費用？     │
  └───────────┘      └───────────┘      └───────────┘
```

由於上述每個關鍵詞引出的項目將拓展更多議題，故可先根據這些導引出的項目，往下深思本次調查訪問最想說誰的故事？是某一家醫院的創建與發展史？說一種新療程研發經過的故事？說某個醫護人員為人服務之餘的辛苦生活？而上表越趨近下方的問題也較趨近深度報導題目。

③ 跨越門檻去屠龍

安排人力、時程、規劃經費。就如同寫企劃書，著手深度報導需要哪些人力資源，如：攝影、訪談、查資料、繪圖……，如何分頭進行，時間如何掌控，哪些經費需要支出，皆應考量。

調查。重新思索有無相關的制度、隱情或事件脈絡蘊含「被空白」的部分以便進行調查。而經常被用以作為參考之一的「問卷」，也需要在收回資料後，進行分析。

解釋。針對專業術語可請教專家或查閱專書，為讀者快速建立小知識。

訪問。無論是當事者、專家、目擊者、承辦人員或相關人士，專題深度報導，要問的人絕非僅只兩、三位而已！我們需要平衡報導，也要了解一件事的多元觀點。

過程中，有時我們是「**鬥士**」，別人不讓我們找答案，把路阻斷了，我們仍設法找尋其他路徑，幸運的話，能夠遇到提供故事環節與線索的「**貴人**」或願意陪我們一同挖掘原因的「**盟友**」；而有時，某些故事較具爭議、較難獲得協助，我們就不免形同「**殉道者**」，需要耗費大量時間、精力或資源，甚或被刻意為難。然而，我們都希望懷抱初衷，謹慎地追查真相，將大家忽略的或漠視的寶貴故事以魔法呈現。

④ **啓蒙：從輸入到輸出**

帶回了故事素材後，請沉澱一下。

想想：這一趟，我有哪些收穫？誰在過程中扮演重要角色？有沒有令我最震撼或最有感覺的一句話，不斷盤旋腦海？有沒有什麼畫面讓我印象深刻呢？這些問題，無疑代表冒險探索過程「**輸入**」的內容，同時有可能是未來「**輸出**」的**亮點**。

而我們作爲媒介，要如何「**輸出**」呢？首先汲取讓我們印象深刻的影像與話語，並將過程中記錄下的資訊與文句羅列出來，**構思故事腳本**的前進方式，搭配上區分段落的小標題，再逐步以感性口吻書寫。

小提醒：若能適度加入珍貴圖片與第一手的照片加以說明，更有說服力喔！

⑤ **回歸的魔法：點石成金**

> 通往英雄旅程最終階段的真正關鍵就是萬靈丹。歸返時，英雄到底從非常世界帶了什麼回來與眾人分享？只跟自己的社群分享，還是也會和觀眾共享呢？帶著仙丹妙藥歸返，是英雄的最終試煉。萬靈丹證明他去過那裡，並提供他人一個範例，更重要的是，證明了確實能超越死亡。萬靈丹甚至有可能讓人在平凡世界中起死回生。
>
> ——克里斯多夫・佛格勒，《作家之路》[1]

一切都需要熱情！當然，你也可以說是爲了做報告、趕業績，爭取名利——但請相信我，如果這份專題報導執行地夠深層夠動人，必然因爲製作者（團隊）的背後，蘊含了對人、對某種特殊處境、對自

1　克里斯多夫・佛格勒（Christopher Vogler）著，蔡鵑如譯，《作家之路：從英雄的旅程學習說一個好故事》（台北：商周，2013），頁 343。

然土地、對動物、或對世界的關懷，此亦「觀」「世音」的精神，而所謂點石成金，也就是將殘酷、困難的現實，轉化爲具有經典性、意義性的探險，而最後，獲得最多啓發的永遠是我們自己。

但是，這裡也必須說清楚，報導最大的貢獻是爲大眾尋找事件的眞相，但未必能做到最實質的解決問題，也可能在調查過程仍存在許多懸而未解的疑惑。因而，與理想值有落差是可能的，但懷抱理想，始終沒錯！

🦋 故事細節，往往是「問」出來的！

深度報導中，很重要的一環是「訪問」。

社會上，有人深具創造力，生命經驗也豐富，在其所屬領域發揮所長，此人可能是演員、可能是繪本作家、可能是舞蹈家、咖啡廳經營者、棒球選手、建築師、法師、醫者；有人本來燦爛生活或者低調平凡，卻因爲一場意外、災難、變故，導致失去一隻眼睛、一隻手、全身多處燒燙傷、甚或遭受虐待、憂鬱、慢性疾病、冤獄，然而，面對這些噩夢和壓力，慢慢熬了過來……他們，也許就充斥在我們身邊，但未必善於表達抑或有適當管道可以把許多生命中寶貴的大、小事件與啓發傳達出來。「訪談」，就是一條甬道，通過這個形式，幫助世界上更多人了解他們的故事！

執行人物訪談，不妨先有個概念，即：若自傳是爲了說出自己的故事，以便行銷自己；那麼，**訪談則是透過問題設計，「幫助」他人說出精彩的人生經歷與價值觀**，讓陌生讀者都能因爲閱讀該訪談而對人物產生印象，甚至是同理。除此之外，理想的訪談亦可協助人們了解某事件的發生脈絡或關鍵訊息。倘若對照相似立場的受訪者想

法，可尋求他們面對類似處境的異同反應；若對照不同立場的受訪者（如：勞方／資方、銷售者／消費者）則可釐清他們互動上出現哪些問題。

籌備訪談計畫前，有幾項必備工作：

決定對象：若是人物專訪，那麼選擇該對象的用意為何？為何要採訪他呢？其重要性何在？可以彰顯哪些主題？此皆決定出發的前提。

了解對象背景：當我們決定好採訪某對象後，絕不可以完全空白地前去採訪（尤其是專訪），我們需要就已有之相關資料，先了解對象生平、專業領域的特色，以便擁有共同話題；如果準備夠充分，那麼約訪信上還能讓受訪者感覺到用心，願意接受採訪，甚或分享更多。

閱讀相關資料。若採訪對象曾公開發表專業觀點，或有前人訪談及研究，皆應先作重點筆記，以避免詢問過度基礎，眾人皆知的問題。

雖然訪談錄中，受訪者是主角，但採訪者設計問題的背後其實也透露採訪者的人文關懷、探索事物的角度與重點，因此，訪談稿某種程度是採訪者透過問答形式與受訪者共同營造一篇貼身、有血肉靈魂的故事，並將其價值觀傳達給大眾。

舉例來說，若要採訪一位知名「服裝設計者」，首先出現在你腦海有哪些問題呢？

「你是哪間學校畢業的呢？」→請煞車！倘若我們訪談對象為知名人物，那麼這類問題屬於先備知識，此處提出顯然說明我們功課沒做足。不過，也有例外，倘若我們做的是田野訪查，面對較陌生的群眾，那麼該問題仍可存在。

「你最擅長哪一類型的服裝設計呢？」→請煞車！倘若我們訪談對象爲知名人物，應該有相關資料可以查詢，此亦先備知識喔！

「你曾設計過失敗的作品嗎？」→請煞車！人人皆有失敗經驗，不過當我們問及負面問題時，宜稍加鋪陳問題背景或在用詞更爲婉轉！

「聽說你的另一半是富二代，他也爲你的作品打入更多元的市場吧？可以順帶談談你們的交往情形嗎？」→請煞車！雖然這種問題看似勁爆，但設計師的作品是憑實力不是靠另一半吧？這樣提問也許會觸怒訪談對象；此外，感情問題通常屬於隱私，應避免在其「專業」訪談上提出。

　　如果，我們試圖讓訪談問題專業一些，那麼請讓我們藉由「心智圖」方式構思問題的開度方向：

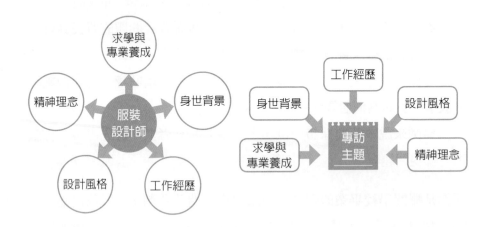

首先，請參看「左圖」，針對一位知名服裝設計師，我們可以羅列如下問題：

「身世背景」：

1. 在您成長過程中，由於什麼特殊經驗促使您自我期許成為服裝設計師呢？
2. 在家族裡，是否曾經有任何親人啟發您對服裝的審美價值？
3. 您的家人曾穿過您設計的衣服嗎？

「求學與學養養成」：

1. 當您進入到學校學習專業科目時，是否曾遇到什麼瓶頸呢？您如何突破？
2. 學校教師教導相關課程時，您曾受到哪些重要啟發？
3. 有沒有什麼樣的訓練活動，您認為值得傳承？

「工作經歷」：

1. 在您為公眾人物進行服裝設計時，主要考量哪些元素？有沒有哪些客人的要求和您原初認知的風格有極大差異？如何調整呢？
2. 您在○○○（某知名作品）的創作靈感來源？
3. 過去有哪一件作品讓您自己最為滿意呢？
4. 您設計一件作品時，通常需要多久時間？最快或花最長時間的分別是哪些作品？
5. 這份工作對日常生活，有無哪些正面或負面影響呢？

「設計風格」：

1. 您最偏好哪一種設計作法，如：電腦輔助？手繪？平面？立裁？
2. 有沒有哪一位設計師的作品與設計方式是您所欣賞的呢？為什麼？

3. 我發現您的作品融入一些○○○（如：族群風、特殊花紋）元素，請問您一開始的構想是什麼呢？

「精神理念」：

1. 您曾在某發表會提出○○（如：環保）的理念，可否針對這部分進行一些補充呢？
2. 您對流行時尚有什麼想法呢？
3. 為什麼想推出自己的品牌呢？這背後有什麼樣的故事？
4. 對未來的自我期許與規劃？

以上這些問題類型皆可再根據訪談對象的回應往下延展、追問，當然，上述所列問題並非全盤適合每一位設計師，因為每位設計師的經驗、曝光度不同，如果已是國際知名設計師，那麼有些前人已普遍問過的基本問題則要省略抑或省思有沒有什麼不同問法可以挖掘到新答案；如果是曾得獎，但在這一行還發展不久的設計師，則要先觀察他有哪些資歷，以便根據相關經驗提問。

以此類推，針對電影導演、作家、歌手、企業老闆、運動選手等，均可按照這些大方向，就其專業領域準備相關提問。

不過，各位，請再回頭看看「右圖」，當我們對受訪者輻射狀地詢問了許多相關問題，我們終究需要拉回核心，亦即，「我們的出發核心是什麼？」每份訪談必然有其「主題」，舉凡：

為了訴說在颱風過後，重建家園的受災戶如何面對挑戰的故事；

為了發掘一個戶頭曾經只剩兩百元，卻靠雙手打造創意製品而成功的鐵匠達人；

為了了解國際知名設計師，創立民族風品牌服飾的圓夢歷程；

為了探索某書畫收藏家的鑑賞方式與品味……

倘若我們所問的每道問題，均能扣合我們預擬的出發點，這份訪談的宗旨方能聚焦呈現。不過，有時，訪談過程可能出現意外的回答而導引出更有特色的焦點，或令人感動的故事章節，我們應當抓住這些部分以彰顯主題的亮點或者進行議題上的微調。

現場色受想行識

　　除了事先準備的訪綱和預留的口袋問題外，有自覺的訪問者必然會進一步思索：**在多數記者、訪者可能提出的問題之外，我如何問些什麼不同的？**然而，這種如同靈感火花的問題，有時是需要一些功夫累積的。

首先，在訪問前，有哪些要注意的呢？

　　向訪談對象預約訪談，必定要重視禮貌。無論電話或（電子）郵件，或親自預約，一定要清楚自我介紹，說明來意與目的，可告知訪綱，並尊重對方是否願意受訪。
　　（當然，很多記者為了訪問某重要人物，會施行「站崗」式或死纏爛打的功夫。）但無論如何，表達鍥而不捨的精神固然可嘉，禮貌帶給人的印象亦可貴。

　　確定訪問時間與地點，一旦確認後，應當準時赴約，甚或提早到達，這是基本禮貌也能展現誠意。

進入採訪現場時，則要留意：

　　與訪談對象打招呼後，若需要錄音、攝影，應先告知並取得同意。

　　每位受訪者個性不同，有的嚴謹保守；有的一打開話匣子便幽默地聊起無數故事，因此，若非時間極為有限，可在一開始先與受訪者簡單寒暄，試著拉近距離。

✎　發問的同時，應如同「心理諮商師」善用觀察力，敞開自己的各種感官，感受現場氛圍、聲音、味道、查看相關現場相關物品（如：受訪者的收藏品、桌上的某一本書、受訪者身上的特殊飾品），以便抓取更理想的切入點。有時，這些現場事物，會因為訪問者的關注而為彼此帶來話題或共同的感受。

✎　**如果向神明「擲筊」問事，往往採用「封閉性」問題**，取得「是」或「否」、「好」或「不好」等答案；**但如果進行採訪，則應採用「開放性」且明確的問題**，讓訪談對象盡可能表達其想法，此外，也要儘量避免較為私密的問題，或不恰當的情緒式問題（如：土石流沖走了你的店家，你現在心裡一定很難過吧？）

✎　進行田野調查時，無論面對陌生的民眾或者知名人物，他們不一定很容易就對我們敞開心房，誠如**我們在觀察受訪者的同時，對方同時也在觀察我們**，因此，適度搏感情是必要的（如：參與現場的某種儀式）。

✎　**預擬進度與節奏隨時可以打破**，由於受訪者的回應並非我們能掌握，因而「以話帶話」也很重要，根據受訪者的回應再往下追問，未必要急著照訪綱把問題問完。

✎　發問固然重要，然而，禮貌地傾聽與回應也是必要的，訪問者不宜隨時打岔訪談對象所要表達的內容，甚至有時候就在採訪尾端，受訪者忽然打開話匣子，願意給予更多信息，哪些內容往往有其可貴之處。

　　訪談結束後，可以再寫信向受訪者致謝，並於整理訪談稿後，向受訪者大致確認其所說的內容信息有無錯誤之處，以避免雙方誤解。

🦋 後製故事：4種標題妝＋3款整理術

其實，訪談錄的標題可以充滿創意巧思，目前常見的靈感來源，包括：

① 給一個封號

如：訪談有時可見標題寫了斗大的「先鋒」、「達人」、「地表上最○○○」、或比擬某人為某號人物，藉此彰顯其形象與精神風範。如：楊雅儒〈台灣荷馬——林央敏訪談錄〉（《台文戰線》28期），取作家擅寫歷史小說的特色，且其過去的閱讀經驗深受荷馬史詩影響，又有意以寫作向荷馬致敬，故而該訪談錄的標題結合二者形象，同時肯定訪談對象的作品價值。

② 標顯價值觀

若能在標題特顯受訪者的價值觀，亦為吸睛與召喚共鳴的途徑，如：賓靜蓀採訪整理之〈王顏和感恩那「忘了帶湯匙」的人生〉（《親子天下》31期），標題透過王顏和先生自稱「忘了帶湯匙」出生，對照含著金湯匙出生的富貴人家，然而，抓取了受訪者對此表示「感恩」的態度後，這篇訪談內容就產生新的觀點或意義了。

③ 挑一個金句

訪談過程，倘若受訪者說出一句別具特色的話語或體悟，自然值得成為標題。如：楊雅儒〈鬼有那麼可怕？且與老祖先同行——林美容教授專訪〉（《幼獅文藝》767期）即挑選林美容教授受訪時提及的一句話，表明其做鬼故事調查的背後動機與精神。

④ 制高點綜觀

有些標題採用崇拜視角顯示受訪者的高度；有的標題則立足於訪談後，收攝全局給出一個評述或提出訪談重點，如：余杰〈濁浪滔天

的時代信如磐石——中華基督教長老會台北信友堂康來昌牧師訪談〉
（余杰《從今時直到永遠》）即以該題顯現康來昌牧師的經歷，與其
對上帝的堅信不移。

以下，我借用自己曾發表的一篇訪談為上述類型，分別擬一個標
題，提供對照：

▶ **給一個封號：**台灣民俗研究圈的一姐——林美容教授專訪
▶ **標顯價值觀：**以八爪章魚的心思進入田野現場——林美容教授專訪
▶ **挑一個金句：**鬼有那麼可怕？且與老祖先同行——林美容教授專訪
▶ **制高點綜觀：**從魔神仔的敘事模式探索集體潛意識——林美容教授
　　　　　　　　專訪

至於整理形式，除了因應發表園地特殊要求外，能如實呈現訪談
對象的故事，方便讀者閱讀與了解，均為可行方式。以下列舉三種：

① 問答形式

條列一問一答可以包含逐字稿抑或抓取重點簡要陳列。此形式幫
助我們貼近訪談者與受訪對象談話的脈絡、語氣。

若是逐字稿，有個問題是：「語氣詞是否保留？」保留的話具有
一種「現場實境感」，但若贅詞過多又顯雜蔓。故取其平衡，可保留
重要的語氣字，去除雜蕪之處；如果非逐字稿的問答形式，則可分小
主題、列小標，取共同的部分整合呈現。我曾經採訪作家，如：林央
敏先生、李喬先生，訪談過程，有時作家會依據提問循序回應，有時
作家會自行增補相關議題。而在整理時，我習慣將相同主題的內容歸
於同一類，再分置於不同小標之下，如此聚攏相關話題的問答，為方
便讀者有脈絡可循。

② 散文形式

有的訪談稿由採訪整理者自行消化彙整，循一條中心主軸介紹訪談對象，適度穿插其親自表述的想法、經歷內容。

舉例來說，房慧眞《像我這樣的一個記者》即採取此形式，但其書寫有一特色是大方置入採訪者的觀察感受，並不遮掩「我」的主觀想法。如：〈孤星 葉德嫻〉篇章中，她以採訪前電影公司的提醒起頭，承接她見到影后葉德嫻本人的印象，再以話題內容作為轉折與重點，最後，作者針對訪談內容與占星學相關的話題呼應影后的感言作結。其文中寫道：「五大行星中，葉德嫻說她最喜歡土星。我回去查天文資料，土星移動最緩慢，且顏色不如其他星辰明亮，是一種黯淡鉛灰的色調，因此在占星學裡，土星代表逆境與磨難。」[2]即明顯可見作者加入許多聲音，試圖與訪談對象對話。

③ 人物自白形式

這類訪談的整理，隱去「問題」，經由訪問者將問答內容整理成篇，站在受訪者第一人稱角度加以呈現，而段落之間可安插小標彰顯主題。如：曾獲2013年「美國史密森尼原創獎──社會進步獎」的《巴勒斯坦之聲──被綁架的家園》，共選十六個故事，包含兩位以色列人的口述，而受訪者身分遍及文化中心主任、記者、漁夫、藝術家、家庭主婦等，藉由這些故事可對以巴衝突有更深刻的了解。而該書在每位人物故事開頭之前，均簡介人物姓名、身分、居住地，約數百字的介紹過後，即以第一人稱自述方式呈現個人背景、經歷、想法。

2　房慧眞，《像我這樣的一個記者》（台北：時報文化，2017），頁43。

　　另許雪姬等著的《獄外之囚：白色恐怖受難者女性家屬訪問紀錄》，該書每篇訪談也隱去提問，直接以第一人稱敘述個人經歷的方式進行，整理者適度在段落間加上小標以便區隔層次，而如果同一篇訪談涉及兩名以上的對象，則在行文段落之前加上說話者的姓名。

　　上述書寫方式展現的風格不同，而無論怎麼整理，只要能具體協助訪問對象把想說的生命故事、心靈感受、理念價值清楚傳達給大眾，即有效且有意義的訪談稿。

　　在這兩個單元裡，我們了解到新聞寫作既可以聚焦現場，也能把鏡頭拉得更深更廣更遠更細緻，但同樣兼具理性與感性：理性調查事件原因，感性的人文關懷為基底。你準備好用新的眼光記錄身邊值得報導的故事了嗎？

第四單元

思考與探索——
建構議論精準美學

陳　儀

　　無論你是順著本書閱讀，或者是直接翻開此章，我想你應符合以下描述：

　　你是一位熟練的中文使用者，在運用詞彙與句型上有充足信心。
　　你的中文寫作經驗不是一片空白。
　　你對寫作抱持一點興趣，甚至可能擁有個人的書寫風格。

　　於此同時，你仍希望了解別人是如何進行寫作的。也許出於好奇，也許期待獲得一些實際方法，好為往後的寫作，帶來一點幫助。

　　如果你同意以上描述，我想你也不會拒絕承認自己是個富有學習動機，且充滿彈性、開放性的人。對於議論寫作而言，這些人格特質相當重要。唯有具備主動探求、樂於傾聽與表達的心靈，才能體驗議論的樂趣。

　　以這樣的態度為起點，接下來我們將延續本書主題，從敘事角度來解析議論寫作，提供一些具體有效的寫作方法。此外，我們也將傳達一項理念：

　　「議論」不僅是「寫作」，更是一種思維方式與溝通態度。

　　當人能從事良好的議論書寫，必定代表他能理性思考，可以妥善解讀瞬息千變的訊息，也能運用知識來參與公民討論。身為當代世界公民，這無疑是十分重要的。在本章後半科普寫作的部分將對此有更多的介紹。

　　我們期盼，當你完成本章的閱讀，無論在技巧上，或者觀點上，都將得到扭轉與深化，思考與探索將會成為你的生活日常。

展開議論的 SOP

所謂的「議論文」是：

針對某一對象進行分析，並據以提出個人主張以與他人溝通的一種文體。

某一對象，它可能是有跡可尋的事物，例如：人物、事件、現象等，有較客觀的材料作為議論內容。同時，對象也可能是抽象的概念，例如：觀點、立場、感受等，這些材料往往涉及個人主觀理解，相形之下，不容易明確掌握。

儘管議論對象有所差異，但任何一篇議論，都具有相同結構：

提出論點 ➡ 徵引論據 ➡ 論點成立

我們不必過度考慮對象的主客觀性質，而應將注意力放在如何把關於對象的一切討論內容，理想地納入上述結構中。對於議論寫作而言，這就是推論的過程，同時也是論點成立的關鍵。

此外，任何一篇議論，都一定存在著某種**前提**、**立場**、**假設**，這些先行條件是作者基於個人意願所提出的，為議論的主觀成分。然跟文學作品不同處在於，議論必須建基在**可討論性**、**可檢證性**上，才能最大程度地博取他人信任，這部分便是議論的客觀成分。

議論寫作的訣竅，便是將主觀成分與客觀成分做出良好而充分的融合。

作者的論點、主觀設想、推論策略

相干的客觀材料

不相干的客觀材料

議論成品

對議論有初步認識後,開始書寫時,只需專注於兩項任務:

- 針對論點,制定最佳論述策略,爭取最大可信度。
- 考慮閱讀者,擬定最佳書寫策略,爭取最大好感度。

好比進行一場鬥塔遊戲,遊戲勝利的條件在於推倒敵對方的主堡,因此必須進行合理的遊戲策略分析,如:安排己方整體的節奏(打前期或打後期)、營運(如何獲取地圖最大優勢),以及解讀對手的策略與意圖等等。當然,整場流暢的動作與聰明的安排,更是吸引目光的重要條件。

根據任務，議論寫作可透過以下四項步驟的SOP來展開：

提出論點：說明標題背景，確立論點

（確定這場遊戲的勝利方針）

徵引論據（正論）：列舉正面資料，推論個人論點為真

（分析自己的策略安排是否合理，並且提出）

徵引論據（反論）：列舉反面資料，推論他人論點為假

（解讀對手的策略安排，思考如何反制）

論點成立：歸結論據，重申論點

（Victory）

　　從圖示中可以看到，議論的逐步實現，構成了議論文的整體結構。同時也能反過來說，議論文的整體結構，確保了議論的成功。

舉個例子，若以「保護文化古蹟」為主題，依照SOP可以這樣展開議論：

提出論點
文化古蹟是現代人的珍貴資產，必須加以保護。

▼

徵引論據（正論）
（引證）古蹟能發人思古之幽情，陶冶人文性情。
（例證）根據統計，古蹟能提高地方觀光收益。

▼

徵引論據（反論）
（引證）有人認為古蹟僅僅是歷史洪流的殘留物，這代表他不能正視歷史文化的價值。
（例證）恐怖組織破壞古蹟，盜賣文物，受到國際相關單位的強烈譴責。

▼

論點成立
因此身為現代人的我們，應當負起保護文化古蹟的責任。

以四項步驟為綱領，逐項補入細節敘述，一篇議論寫作就此誕生。

各位可能發現，建立議論架構並非太困難的事。是的，確實如此。但是在實際書寫中，如何「適當地」徵引論據，並「正確地」進行推論，便是困難所在了。

> **議論主觀性與客觀性：**
> 　　議論寫作時，不必過分擔憂個人主觀理解會妨礙議論的客觀性，反而應有義務清楚展示相關主觀成分，以方便閱讀者可以很快抓到議論的前提、立場、假設，甚至論證過程等，得到更明朗的思考空間。
> 　　同理，在閱讀議論文章時，也得提醒自己是否已充分察覺當中的先行條件，方能維持思考的獨立性，而非被文章牽著走。

　　論據與推論嚴謹與否，將決定這篇文章的優劣高下。理想的議論寫作，便是要在推論過程中，確保論據能充分幫助論點成立。

　　接下來將深入介紹論點、論據、論證三者的內容、關係，以及寫作要點。

抓住論點的一句話

　　根據議論結構，議論一般具有三個要素：

- 論點：對於議論對象所提出的中心主張。
- 論據：闡明論點的主要根據。
- 論證：運用論據來支持論點的過程。

　　如果使用烹飪來比喻，「論點」是菜名，「論據」是食材，「論證」便是將食材烹調成餐點的步驟過程。

　　想要製作一道可口又吸引人的料理，得需這三方面充分配合才行。

　　先談論點。在議論文章中，論點通常以陳述句的形式呈現，幫助我們直接表達事實、想法、判斷或立場。

　　舉例而言，若以「議論對象」為主語，常用句包括：「A是……」（努力是通往勝利的基石）、「A為……」（失敗為成功之母）、「A

會……」（手機藍光會造成視神經的損傷）、「A能……」（固定的起床時間能幫助夜晚睡眠品質）等。

若以「作者」爲主語，常用句包括：「我認爲……」（我認爲社群軟體造成了新興犯罪問題）、「我相信……」（我相信動人的演說來自於眞實的理念）、「我預見……」（我預見人工智慧是未來的產業趨勢）等。

以通常情況來說，無論議題有多龐大，牽涉的問題有多複雜，論點應當都能恰如其分地被陳述爲「一句話」。這句話既是議論重心，也是議論策略，更是貫穿全文的骨架。

如果無法用一句話來表達想法，也許正代表著自身尚未整理好思緒。遇到這種情況，請務必重新檢視自我立場，細察相關資料，確認問題重心，以便制定理想的議論策略。

當想法已化約成一句話的論點後，必須再注意這句話是否具備了：

- 普遍性（不唱獨角戲）。
- 明晰性（不玩內心戲）。
- 說理性（不演肥皂劇）。

若論點缺少了這些性質，則將與一般話語無異，不能有效成爲議論展開的基石。下面將實際演練，如何將一般話語轉換成理想論點。

 範例 ①：「你不可以在這裡吸菸！」

這句話爲祈使句的用法。作爲論點，這句話是不合格的。

祈使句常用於表達命令、請求、禁止或勸告，目的偏向私人訴求。如果想將私人訴求轉成理想論點，便要修改、擴增句子內容，使它成爲具有「普遍性」意義的陳述句。比方：

你不可以在這裡吸菸！

↓

我認為**你**不可以在**這裡**吸菸

↓

我認為**人**不能**任意在路上**吸菸

↓

身為有責任感的公民不能在非

吸菸場所吸菸

　　修改之後，這句話從原本「你我」、「這裡」，擴展到「每個人」、「每個非吸菸場所」，成為具「普遍性」的論點。再經由內容補充，使它擁有更完整、確切的涵義。建基在修改後的論點上，能夠更聚焦地展開議論。

　　請記得，議論的目的不在自己，而在於他人。寫作時，得將議題從切身處擴張出去，尋求更廣泛的連結關係，如果只顧著唱個人獨角戲，不但不容易獲得理解認同，更難影響他人採取行動了。

 範例 ②：「**難道你不知道不可以傷害動物嗎？**」

　　這句話為疑問句的用法。作為議論論點，這句話是不合格的。

　　疑問句一般用於提出問題，以疑問句來表達論點，無法正面、明確地表達個人主張，因此不能達到「明晰性」的要求。如果想將個人疑問轉成理想論點，同樣宜加以修改，使句子能充分且完整地將議論主旨陳述出來。好比：

難道你不知道不可以傷害動物嗎？

虐待動物是錯誤的

虐待動物是違反人性的行為（指出理由）
我們不能傷害任何具有知覺的生物（指出理由）
虐待動物的行為必須在現代社會中絕跡（提出建言）
我們必須制定適當法令來阻止虐待動物（提出建言）

　　修改後，議論立場能以肯定、直言的方式呈現，成為具「明析性」的論點。再經由內容補充，除了表示傷害動物是錯誤行動之外，也傳達了更多、更仔細的相關訊息，成為理想論點。

　　仔細地說，範例②其實屬於疑問句的「反問」。反問句的特點是藉由疑問形式來隱含或指向答案。既然有答案，是否能用來表達論點呢？事實上，還是不適合的。

　　不正面說出自己的主張，期待對方自行解答，反問句的特性有時可幫助我們在日常生活中達成良好溝通。但作為論點，卻像是在棋局留下讓對手轉身脫逃的活路。如果對方不願思考，不願加入溝通，那麼論點當場便失去議論的力量，那麼，何不一開始就把主張說得清清楚楚？

　　請記得，心中的想法只有自己最清楚。有十足的想法，就寫出十足的句子，別讓曖昧的語氣模糊了焦點。寫作時，得不斷努力讓內心小劇場，搖身變成國家戲劇院。

範例 ③：「哼！有些人就是矯情！」

相信各位已相當警覺，能立即發現這句話不能成爲論點。它既不「普遍」，也不「明晰」。除此之外，它還不具備「說理性」。

這句話爲感嘆句的用法。作爲議論論點，這句話是不合格的。

感嘆句一般用於表達較強烈的情緒，像是：歡欣、哀傷、驚訝、憤怒等，若以寬鬆角度來看，時下流行書寫中的「表情符號」：「睡不著ＴＴ」、「這太可怕了>"<」等，或許也能被視爲感嘆句的變形表現。

由於感嘆句的目的是在傳達私人體驗或感受，而非公衆性的道理、事理，故不能符合我們對於論點的期待。此外，理想論點應能脫離個人情緒，以中性、開放的溝通態度來建立客觀議論，才能滿足「說理性」的要求。如果想將個人情感修改爲理想論點，同樣可藉由直述句的轉換與內容的擴增來完成。比方：

哼！有些人就是矯情！

不誠實的人是矯情的

矯情的人往往有特異表現

不誠實的人習慣掩飾真實動機

人特異的表現，往往與常情衝突

修改後，原本帶有情緒貶義的「矯情」，轉成中性客觀的語詞；特定指涉的「有些人」成為普遍的「一般人」；句子也離開情緒抒發的層次，被賦予了實質內容。於是，這句話得以符合「普遍性」、「明晰性」與「說理性」的要求，成為理想論點。

請記得，論點是在幫助我們表達事實、想法、判斷或立場。使用過度情緒化的言語，無疑是在自己與讀者之間設下隔閡，成為議論開展的阻礙。

「表情符號」容易造成理解困難：

對於能靈活使用表情符號的族群而言，藉由符號來抓到話語情緒，並不是太困難的事。

使用時，不但能察覺細微的詞義變化，如：「QQ」與「Q"Q」的不同；面對有歧義性的表情符號時，也能自然依照說話脈絡來解讀，比方判定「是喔……@@」句中「@@」的意思。

然而，在「圈外人」眼中，運用表情符號來交流是很不可思議的事，而往往發生表達與理解之間的落差。

畢竟表情符號是種私密、又過於自由的語言，每個人都能依照所希望的方式來使用、解讀。在這種情況下，閱讀者較難正確掌握話語，自然容易產生理解困難，當然更不利於議論了。

論據，與它們的產地

有了論點，接著要提出「論據」。「論據」是論點的根據，像是文章堅實的內裡，幫助我們維護立場，抵抗外來攻擊。

請回想以往寫作經驗，是否曾使用以下方法，為文章尋求奧援？

名言錦句：以常人熟知的權威言語作為例證。

事物類比：以自然事物的類比情形作為例證。

假設情境：以假設性問題引發閱讀者的思考，藉以作為例證。

真人真事：以代表性人物、事件作為例證。

通俗意見：以多數人認同的想法作為例證。

理論數據：以具可討論性、可檢證性的理論、數據作為例證。

這些方法所引為例證的內容，事實上便是議論寫作中的論據。看似多樣，其實只是兩種思考類型：觀念與事實。

- 觀念：指被個人或大眾接受的想法，通常是一種普遍、抽象的思維；雖然真實性未必能被有效證明，卻仍具有相當的約束力或影響力。
- 事實：指事件、數據、實驗、分析等可被驗證的資訊；由於真實性能被證明，故根據事實所形成的概念，相形之下較為確定。

隨著議論範疇與方式的改變，有時並不容易為兩者畫下明確分界，也不容易斷言何者較具說服力。

舉例而言。早期科學家在進化論的立場下，將闌尾視為「痕跡器官」，聲稱它對於人類維持身體機能並無幫助，也引據了相關「事實」，說明切除闌尾並不會對生存造成妨礙；另一方面，哲學家依照目的論的想法，認為人身上不會有無用的器官，此立場雖缺乏「事

實」證據，但有「觀念」的支持。隨著研究進展，今日科學家已掌握了闌尾的特殊功能，不再將它視作無用的器官。換言之，早期的「事實」不再有真實性，「觀念」反而得到了客觀證明。

在講究科學證據的今日，「事實」論據具有科學上的客觀性，似乎較能說服人，但科學是對於已發生事實的研究，加上人類視野與能力總有侷限，因此「事實」總存在鬆動或改動的空間，並非永恆不變。與此同時，「觀念」雖是一種抽象思維或推論結果，卻繫源於各種文明知識或學理討論，並非獨斷的宣言，因此「觀念」也不盡然全屬個人意見，而擁有一定的說服力。

當然，就嚴格的知識方法論而言，「觀念」與「事實」確實有不同性質，但在議論寫作中，最重要的是對自己所採用的論據有清楚的了解。寫作時，務必得掌握論據的性質、來歷，以及它的效力、侷限，思考如何將所有論據協調、統整在自身議論的脈絡下，為文章製造最大程度的說服力，也為自身議論開創新局。

請記得，理想論據沒有絕對標準，端視寫作者如何依照目的來調和運用。

同場加映練習

若以「空氣汙染對人體造成嚴重危害」為論點，請判斷該採取哪些論據：

❶ 陽光、空氣、水，是生命三元素，空氣品質對人體健康相當重要。

❷ 聯合國世界衛生組織提出警告，空汙已造成全球每年上百萬人死亡。

❸ 花草樹木需要空氣，人當然也是。

❹ 試想一下待在毒氣室的感覺？現在，你是否理解空汙對人體的危害？

❺ 放眼街頭，許多人選擇戴口罩出門，可見大家都不喜歡空氣汙染。

❻ 根據科學研究結果，空氣汙染使得死亡率上升，並增加肺病、心血管疾病、癌症等罹患風險。

各位如何選擇？理由為何？能否補充？不妨與他人比較，並思考其中優劣。

最後的提醒。前文曾以「烹飪」為喻，論點若是菜名，論據便是食材。我們對於「食材」有什麼要求？不外乎適當（避免食材錯用）、足量（避免食材欠缺），以及新鮮（避免倒胃口）。因此，論據若能滿足：

切合論點、資料完備、創新獨特。

相信便是具有議論力量及魅力的理想論據。

此外也得留意：「論據」出處是否可信？（優質產地）出處來源是否列明？（產地標示）與非常容易被忽略的——這是否是第一手資料？（產地直送）如果它屬於「轉引」論據，請務必確認它詳實無誤。

排除一切不可能，剩下的再離奇也得相信

有了論點、論據，接下來就是將資料整理好提出來，這個過程便是「論證」。

如果已擁有理想論點及堅實論據，在符合論點設定下，直接將論據展示、條列出來，其實就是一種論證方式。各位耳熟能詳的「引證法」（引觀念性論據為例）、「例證法」（引事實性論據為例）便是如此。

　　但若議論所設定的論點具有鮮明的問題導向，或者有強烈的批判性質，不妨考慮更進階的論證。方法包括了：

對比論證：通過正反事物的對比，形成一想法，此想法將導向論點。

正反論證：通過正反兩面切入說明論點，使論點更加完備。

類比論證：基於與已知事物的相似處來進行類比，推論另一事物亦具有已知事物的某種特質，從而證明論點。

假設論證：假設與論點相反的情境，從反面進行推論，從而證明論點。

因果論證：通過原因的提出，來推論結果，從而證明論點。

歸納論證：觀察對象的特殊情形，來推論所有此類對象都具有相同情形，從而證明論點。

演繹論證：在遵守邏輯規則的情形下，通過某一論述推論出另一論述，從而證明論點。

　　由於在論證階段，議論目的不僅在於闡明個人論點，更在於推翻、扭轉、補充或更新他人論點，因此得格外仔細檢視對方或既有立場，找到立論基點。這也就是本章第一節「展開議論的SOP」所提過的「解讀對手的策略與意圖」。

　　實際進行時，可從這些方面下手：

➡ 檢查對方論點是否確實對應文章內容。

➡ 檢查對方論據是否切合論點且資料完備。

➡ 檢查對方推論是否合乎邏輯。

➡ 檢查對方的議論前提是否能被接受。

　　前兩項可依照本章前文討論來進行。至於第三項,在檢查對方推論是否合乎邏輯時,除了考慮對方議論結構的完整性(是否達成:「提出論點、徵引論據、論點成立」的結構),也必須檢視文章中的論述句是否無誤。

同場加映練習

請閱讀以下論述句,判斷何者為真?何者為假?

☐ 機器人不可能擁有意識,不然便與人類沒有差異了。	不能以結果的好或壞,來判斷命題是否正確。 **── 訴諸後果的謬誤**
☐ 強暴犯令人作噁,所以我們一定要實行鞭刑。	不能缺乏相應論據,只以情感來判斷命題是否正確。 **── 訴諸情感的謬誤**
☐ 大多數人認為香火祭拜造成空汙,可見這不是件好事。	不能以大多數人的意見作為論據,來判斷命題是否正確。 **── 訴諸群眾的謬誤**
☐ 巴菲特是成功的投資家,跟著他的建議來理財,一定能獲利致富。	不能以不相干領域的權威說法作為論據;也不能缺少相應論據,直接視權威說法為正確者。 **── 訴諸權威的謬誤**
☐ 你喜歡她哪裡? (而不先問「你喜歡她嗎?」)	不能以未經檢驗的前提來作為推論基礎,來提出另一問題。 **── 複合問題的謬誤**

☐ 這世界上一定有鬼，因為你無法證明鬼不存在。	不能因為某事物未被證明是假的，便認定它是真的。 —— **訴諸無知的謬誤**
☐ 「男人來自火星，女人來自金星」真是一句謊言，難道地球人都是從外星來的？	先誤解或歪曲他人意思，再以誤解或歪曲後的陳述作為理據。 —— **稻草人的謬誤**
A：「為什麼你會贊成婚前守貞？」 B：「我認為這是一件好事。」 ☐ B的回覆具有論證效力嗎？	不能以某人的「確信」或「期望」作為論據，來判斷命題是否正確。 —— **主觀主義的謬誤**
A：「這裡是禁菸場所，請不要抽煙。」 B：「你一定不抽菸，所以不了解癮君子的痛苦。」 ☐ B的回覆具有論證效力嗎？	不能以利用他人負面特質或動機，來作為反駁的論據，讓人感受該命題為不合理的。 —— **人身攻擊的謬誤**
A：「狗狗智商達到人類2~7歲的程度，所以我們要賦予狗狗人權。」 B：「這樣的話，我們也應該讓狗狗上學唸書學寫字？」 ☐ B的回覆具有論證效力嗎？	以某命題的基礎上，進一步做出推理，讓人感受到原命題的不合理處。 這是一種常見的論證手法。 —— **歸謬法**

　　各位是否已察覺，其實許多日常念頭及話語都不合乎邏輯？的確，純然邏輯的生活恐怕只會在科幻片中出現。然而在議論寫作中，為了保證論證有效，我們還是得避免出現不合邏輯的論述。事實上，除了上表所列之外，還存在多種邏輯謬誤，有興趣者不妨查閱相關書籍。

　　唯有依照合理的策略安排，穩穩寫出正確的論述，才能構成理想的論證。

　　至於第四項，在理解對方立場時，得確認對方的議論前提能否被接受。所謂「前提」，是指：

　　問題背景、問題脈絡、問題範疇、問題限制等一切讓議題縮緊聚焦的條件。

　　議論寫作中，不管是自己的立場，還是對方的，我們絕對要注意前提為何、要注意前提為何、要注意前提為何。（太重要所以再說三次）

　　請比較下面兩段文字：

- 「捷運費用昂貴，搭乘費時，應該要減價吸引民眾搭乘。」
- 「依照目前營運統計資料，以及乘客問卷調查分析，相較於公路客運，Ａ捷運搭乘費用較昂貴，所需時間較長，民眾往往選擇公路客運作為移動交通工具。為了吸引民眾搭乘，建議相關單位應商議減價方案，以提高捷運使用率。」

　　前段只有論述，缺乏前提，閱讀者無法明白議題的由來、內容與重要性。經由後段的前提展示，議題得到更明確的呈現，也才能獲得閱讀者的關注。

再看看這樣的例子：

- 「直播拍賣讓民眾可以直接看到商品，也能跟賣家直接互動，提出問題，從而提高購買欲望，是種新興互惠的交易模式。」
- 「直播拍賣僅能透過賣家展示來觀看商品，無法親自檢查商品是否有瑕疵，又常常在賣家生動推銷下，衝動購物，買到不合意的物件。因此買家棄標事件頻傳，造成許多買賣糾紛，顯示此種交易模式對於買賣雙方而言，風險都很高。」

兩段都有論述，也都有前提，閱讀者可以立即掌握兩段議論的立場，同時也能輕易抓到兩段議論的不同脈絡。倘若閱讀者想要進一步探討直播拍賣，便能直接在兩段議論的基礎上，確立自身新的脈絡，提出更完整的論述。

基於以上，當我們發現對方或既有立場的議論中：

- 缺乏前提。
- 前提錯誤。
- 另有討論空間（如：其他問題背景、脈絡、範疇、限制）。

那麼，這些狀況將立即轉為論證優勢。藉由指出這些缺失，將能進一步擬定理想的論證策略，贏得這場議論遊戲。學術論文寫作中，所謂的「文獻回顧」、「前人研究成果分析」、「問題釐清」等，便是在處理這些重要問題。

最後補充一點。「解讀對手的策略與意圖」的四項進行方面，其實也適用於自我檢討。完成一篇議論文後，請試著逐項檢視，確保自身論證與文章架構都能明確堅固。

議論寫作執行圖

　　到了議論的尾聲，若是還不確定如何開始下筆，相信隨後兩張附圖能為各位提供一些幫助。

　　「議論寫作流程圖」適合：

- 從零開始的你
- 講究議論層次的你
- 不想忽略細節的你

　　「議論翻轉三幕劇」適合：

- 游刃有餘的你
- 不拘結構形式的你
- 打破思考藩籬的你

入門手冊——議論寫作流程圖：

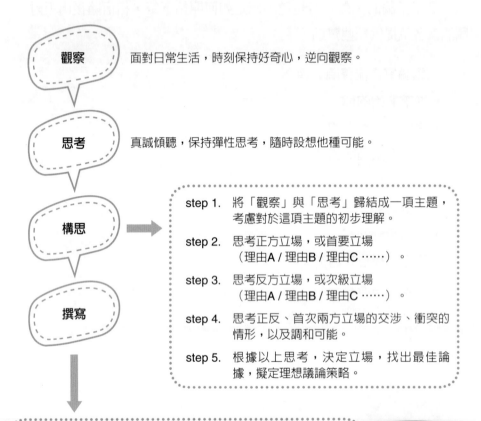

觀察　面對日常生活，時刻保持好奇心，逆向觀察。

思考　真誠傾聽，保持彈性思考，隨時設想他種可能。

構思

撰寫

step 1.　將「觀察」與「思考」歸結成一項主題，考慮對於這項主題的初步理解。

step 2.　思考正方立場，或首要立場
（理由A／理由B／理由C⋯⋯）。

step 3.　思考反方立場，或次級立場
（理由A／理由B／理由C⋯⋯）。

step 4.　思考正反、首次兩方立場的交涉、衝突的情形，以及調和可能。

step 5.　根據以上思考，決定立場，找出最佳論據，擬定理想議論策略。

step 1.　根據「構思step 5」，決定文章題旨與各段內容。

step 2.　根據「構思step 4、5」於首段陳述主題背景與文章立場。

step 3.　根據「構思step 2」，陳述己方論述
（論據A／論據B／論據C⋯⋯）。

step 4.　根據「構思step 3、4」，反駁其他可能論述
（論據A／論據B／論據C⋯⋯）。

step 5.　做出總結。
（己方立場重述、己方主要論述重述、
反駁其他可能論述的理由或方法之說明、
己方立場的限制與展望之說明）

提出論點

徵引論據

論點成立

展開議論的SOP

快速上手——議論翻轉三幕劇：

鋪陳　→　衝突　→　結尾

鋪陳

Who、What、When、Where
與誰有關？發生了什麼？
什麼時候？在什麼地方？
Why、How
發生的原因？如何發生？

說明議題，將讀者帶入
你的故事中。

結尾

既有的故事說了什麼？
你的故事說了些什麼？

你的故事情節、結局有
比前作精彩嗎？
是否留下伏筆，製造續
作孕生的空間？

總結論述，
提出議題限制與展望。

衝突

你的故事正在崛起，
很快地，將碰撞到其他人的故事。

在這之前、在其他人口中，
什麼樣的故事正流傳著？
彼此故事如何發生衝突？
從衝突解決中，你將迎來什麼樣的改變？

說明正反方立場，提出分析與調和，策劃議論
的攻防高潮。

你今天科普了嗎？

你是否曾有這樣的經驗：

一邊發呆，一邊滑著網路文章，閱讀千奇百怪的新知識。

藍月？血月？超級月亮？第一次聽到的專有名詞，克制不了好奇心，立馬上網問Google。

不知道該幫主子換哪款罐罐，想查個評價，結果開始研究飼料營養成分。

電影情節實在很難懂，葉綠素能救鋼鐵人？火星種得出馬鈴薯？沒關係，網路神人解釋得很清楚。

如果說中其中一條，相信科普寫作一定曾為你的生活帶來好處及便利。

所謂的「**科普寫作**」（Popular Science Writing），是指以介紹、討論科學知識為主要內容的文章寫作。它的任務，是將科學知識以淺顯易懂的方式傳遞給一般大眾，期待大眾能對科學有更多、更新、更深入、更正確的理解，從而對科學抱持更大的興趣。

就對象而言，科普寫作不像教科書編列一般，有明確的程度分級，但科普寫作仍會考慮閱讀對象的能力與興趣，採取不同的書寫策略。比方專門為兒童設計的作品，便會依照兒童的閱讀與理解能力來寫作。

就內容而言，科普寫作的內容不僅包括科學知識，諸如科學方法、科學思維及科學理念等要素，也常被涵蓋在內。並且，科普寫作雖然素以自然科學為大宗，但近年來，人文社會科學、形式科學等學門的科普文章，也逐漸蔚然成風。就廣義而言，也能納入科普寫作的範圍。

就性質而言，除了強調知識性之外，由於科普寫作的目的在於提升大眾的科學素養，因此也具有教育性質。同時，科普寫作不能只是被動地等待閱讀者，更要積極吸引關注，達成廣泛傳播效果，因此更要顧及傳播性。

　　最後就形式而言，雖然我們在此談論的「科普寫作」是以文字作品爲主，包括書面或電子的文章、雜誌、書籍等出版品。但「科普」也可以透過其他媒介來表現，如：繪本、影片、多媒體網頁、裝置藝術、導覽系統等。相信未來若有更多人才投入科普寫作行列，勢必會激盪出更豐富的表達形式。

　　初步了解後，不妨通過科普寫作與其他文類的比較，來對科普寫作有更具體的認識。基本上，科普寫作與其他文類雖然常有交涉重疊的部分，但從寫作目的的角度來看，科普寫作仍保有鮮明的特色。

▶ 文學，以展示作者主觀想法、感受為目的。

　　某些文學作品與科普寫作近似，如：自然文學、記錄文學等，這些作品的書寫材料與科普寫作有重疊處，也不乏客觀性，但與科普寫作相較，文學主要仍欲傳情達意，不同於科普寫作以傳遞科學知識爲主要訴求。

▶ 說明文，以說明、解釋事物為目的。

　　說明文與科普寫作一般，也講求客觀性與知識性，同時也要求表達精準。例如說明：如何為你的海外網購計算關稅、如何租借一台YouBike。

　　事實上，科普寫作常被人視為說明文的一種，但一篇理想的科普寫作應格外加強文章的知識性。說明、解釋事物時，必須從表面的一般性陳述，進入到背後的知識性探究，讓閱讀者「知其然」，更能「知其所以然」，才能更好地完成科普寫作的任務。

▶ 議論文，以表達作者議論為目的。

　　比起說明文，議論文與科普寫作的關係又更近了一些，知識性、教育性與傳播性也都是議論文常有的特點。

　　稍微不同的地方是，科普寫作在興起之初便肩負著普及、弘揚科學的使命，因此在寫作態度上，更為積極地讓自身書寫能夠吸引大眾目光。科普寫作中，總是不乏輕鬆幽默的筆調，或是活潑有趣的題材，這些敘事特色讓科普寫作格外能貼近閱讀者的生活經驗。

▶ 學術論文，以提出專業學科研究成果為目的。

　　學術論文與科普寫作十分近似，對於一些人來說，可能不容易感受到之間的差別，但其實兩者差異頗大。

　　科普寫作基於教育的立場，講求傳播性，擁有較寬鬆的敘事空間，也會適應閱讀者的需求，調整敘事策略。相較之下，學術論文著重在研究成果的提出，論述與結構都要求嚴謹、緊實，所採取的寫作策略是為了能清楚表達研究要旨。

　　通過例子來理解吧。若以「動物」為寫作主題，在不同文類範疇下，各自將誕生什麼樣的作品呢？

- 文學：《早安，自然選修課》（劉克襄，2018）
- 說明文：《終極貓百科：最完整的貓種圖鑑與養育指南》（Dorling Kindersley Limited, 2017）
- 議論文：《原民狩獵的倫理省思》（思想編輯委員會，2017）
- 科普寫作：《我們爲何成爲貓奴？這群食肉動物不僅占領沙發，更要接管世界》（Abigail Tucker, 2018）
- 學術論文：《利用阿茲海默氏症細胞與動物模式研究 DcR3／TNFRSF6B 對於類澱粉造成神經退化之影響》（劉怡伶，2017）

同場加映練習

請以「植物」爲主題，並進行以下步驟。

❶ 尋找相關的作品。
❷ 閱讀內容，並判斷它的性質。
❸ 說明性質判斷的理由。

　　總結以上，科普寫作因它所具備的知識性、教育性與傳播性，成爲別樹一幟的寫作類型，卻也同時因爲這些性質不能完全摒除在其他文類之外，因此有時候並不容易爲它找到精確的定位。

　　不過，當你向一位科普作家說：「你的作品很有學術論文的感覺。」他可能會懷疑自己文筆是否過於枯燥。而若向一位研究者說：「你的論文很像一篇科普文章。」他一定會感到失落──因爲這句話似乎在暗示他的研究缺乏證據力或嚴謹度。由此可見，科普寫作在一般人的心中，確實保有特殊的指向。

　　科普寫作與議論寫作一般，同樣沒有絕對標準。實際寫作時，若

能抓穩科普寫作的特質，考慮閱讀者需求，擬定最佳的敘事策略，相信即是完成理想創作的不二方針。

🦋 每天來份科普之必要

為什麼我們需要科普寫作呢？因為，當科普寫作把學院裡的艱深知識，轉成面向大眾的好讀文章時，將能為這世界帶來不少好處。

面對閱讀者時，一份理想的科普寫作能做到：

- 普及 → 將艱澀的學理，化成簡約的語言，豐富大眾的科學理解。
- 日常 → 將學院中的知識帶回切身實境，增加生活的深度與廣度。
- 趣味 → 利用詼諧文字、比喻、圖表與故事，使學習成為一種遊戲。

對於研究本身，理想的科普寫作也具有這些好處：

- 聚焦 → 能依照書寫主題，刪減龐雜的知識背景，予以聚焦討論。
- 綜合 → 自由跨越學科，援用其他學科知識，進行綜合探討與應用。
- 開創 → 不受專業同儕限制，依己意闡述新穎或獨創的觀察、理念。

然而，科普寫作的好處，也將同時帶來潛在風險。

面對閱讀者時，科普寫作可能存在這些問題：

- 普及？語言過於簡約，無法詳實、全面地展示知識內涵。
- 日常？過度以日常經驗來類推科學知識，可能降低專業性。
- 趣味？使用情緒性、渲染性的文字，容易造成議論失真。

對於研究自身，科普寫作也容易招來這些危險：

- 聚焦？過度刪減知識背景，常使主題意義或論述脈絡含糊不清。
- 綜合？不同學科有不同研究方法及限制，任意跨越易造成論述混漫。
- 開創？沒有經過嚴格審查的同儕審查，作品內容未必可靠。

　　科普寫作具有崇高的教育理想，它降低了思考與研究的門檻，讓我們能離開學門及教育程度的限制，自在地探索知識。

　　無論閱讀，或者創作一篇理想的科普作品，都能幫助我們提高理性思維、增加知識涵養、培養研究態度、打開前瞻視野。這對身爲地球公民的現代人而言，無疑是相當重要的事。

　　於此同時，我們也須格外留心科普寫作的潛在問題，以實事求是的態度，廣泛閱讀，深入思考，才能免遭「僞科學」的綁架。

　　如果你立志成爲科普作家，更要明白一篇理想科普作品的誕生，需要投入不斷的努力與熱情。除了依靠自我堅持來把關作品品質，也可參與相關單位的徵稿活動（如：國立自然科學博物館文教基金會科普寫作網路平台），或是加入坊間科普寫作團隊，讓眾人力量助你一臂之力。

　　在踏上科普作家之路前，以下一些寫作構想也許能爲你提供刺激及靈感。

開始第一篇科普寫作

　　翻查坊間科普文章、雜誌與書籍，不難發現那些科普作家不是大學教授、專家學者，便是資深的評論作家或記者，再不然，就是那些長期在該領域累積了大量知識或技能的專業人士。

　　對於這些「行家」而言，科普寫作便是將胸中既有的思考與研究轉成通俗語言，通過適當的敘事安排，重整呈現。雖然寫作時依舊付出了高度心血，但執行難度絕對不像我們這些「外行人」一般來得這麼高。

　　坦白說，在缺乏專業知識的背景下來進行科普寫作是件困難的事，然而這不代表我們完全無法動筆。相反地，通過思考與研究，將能帶領我們朝向這些美好知識不斷邁進。

我們鼓勵每個人都試試看創作一篇科普作品。不論難易，不限領域，不拘篇幅形式。未來在面對這個世界，或是面對自己的想法時，相信這樣的寫作經驗一定會爲你帶來不同以往的體會。

如果尙未有下筆頭緒，不妨從下面三種常見的寫作構想開始。

說明導向的科普寫作

挑一個專有名詞，說明它的來歷、涵義、影響與重要性。

數學中有一個著名的定理，叫「富比尼原理」（Fubini's theorem），維基百科這麼解釋：

> 富比尼定理是數學分析中有關重積分的一個定理，以數學家主多・富比尼命名。富比尼定理給出了使用逐次積分的方法計算雙重積分的條件。在這些條件下，不僅能夠用逐次積分計算雙重積分，而且交換逐次積分的順序時，積分結果不變。

對於有數學背景的人而言，這一定不難理解，卻難倒了人文背景的我們。然而在科普寫作的轉換下，這項定理也變得簡單易懂起來。

《德國一流大學教你數學家的22個思考工具》（2016）是德國斯圖加特大學數學系教授Christian Hesse所撰寫，他爲了讓一般人領略數學美感，了解數學在日常生活中的無所不在，於是介紹了22個有效的思考工具。

在談「富比尼原理」時，他首先如此介紹：

> 我們可否算出某些東西的數目，但卻是用完全不同的方法去算出來？

這句話並未出現難懂的符號程式，也沒有專有詞彙，卻能直接了當地講出原理的基本精神。接著，作者沒有一頭栽進數學的說明中，

而是用了好幾個生活例子與趣事，讓閱讀者「感受」到這項原理其實與人們日常思維息息相關。

同時，他也作了數字歷史的溯源，從埃及、巴比倫、中國、馬雅、阿茲特克、羅馬、希伯來、印度、阿拉伯，一直講到今時今日。大量的歷史資訊，展現了這項原理所代表的抽象化計算的精神，是如何嵌入在人類文明中。

文章最末，作者用明快筆調還原了高斯兒時故事，解釋高斯面臨的處境，以及他如何迅速求出1加到100的總和。從高斯的解法中，作者自然地說明了「富比尼原理」簡明巧妙的應用情形。

相對於維基百科，Christian Hesse的解釋是否有趣且豐富多了？這就是「說明導向的科普寫作」的理想範例。

同場加映練習

選一道題目，蒐集資料，進行科普寫作。

□ 解釋「雲端人工智慧」。

參考閱讀：《從人到人工智慧，破解 AI 革命的 68 個核心概念：實戰專家全圖解 × 人腦不被電腦淘汰的關鍵思考》（三宅陽一郎、森川幸人著，鄭佩嵐譯，2017）

□ 解釋「奇異點」。

參考閱讀：《星際效應：電影幕後的科學事實、推測與想像》（Kip Thorne 著，蔡承志譯，2015）

□ 解釋「測不準原理」。

參考閱讀：《科學大歷史：人類從走出叢林到探索宇宙，從學會問「為什麼」到破解自然定律的心智大躍進》（Leonard Mlodinow 著，洪慧芳譯，2017）

問題導向的科普寫作

挑一個感興趣的話題、時事，或是學術問題，帶著個人獨有的問題意識，進行一層一層的解謎探究。

處在工業化危機侵害全球的今日，《雜食者的兩難：速食、有機和野生食物的自然史》（2012）一書剛問世時，帶給人們不小的衝擊。書中披露了許多不為人知的飲食困境，期待喚起人們對於飲食的重新重視。

作者Michael Pollan是一位美國作家，也是飲食研究的權威人士。他在書的引言中，解釋了寫作意圖：

> 這本書很厚，但想回答的問題很簡單：「正餐該吃什麼？」
> 在回答這個問題的同時，我也想探討，這個簡單的問題現在
> 為何會變得那麼複雜？

問題意識，就像是書本的靈魂。一個有洞見的問題意識，將能孕生出一部偉大著作。什麼樣的問題意識，才能稱得上是有洞見呢？它必須能：

掌握既有的資料，以及問題脈絡。

針對既有資料與問題脈絡，進行適當且合理的分析。

根據分析結果，提出個人見解。

依照個人見解，確立個人問題脈絡，擬定理想的敘事策略。

如果對上述各項感到疑惑，不妨翻閱本章「議論寫作執行圖」。

　　Michael Pollan的問題意識即是非常理想的例子。他先掌握了美國各種飲食書籍、科學研究、國家政策報告、商業經營模式、食品營養學、哲學理論、生態理論、人類學，以及當代文化行為，再從這些資訊中整理出重點，歸結為一項問題意識，同時也是議論立場，然後才展開書寫。這也使得這本書內容十分具體、扎實，論述深入、廣泛而具有強大的說服力。

　　這本書格外迷人的地方，是它的敘事方式。作者實地進入超級市場、農場、屠宰場、森林、廚房，跟隨著玉米、牧草，以及作為食物的動物，順著場景與視點的變換，將科學、歷史、思維適時引入，逐漸形成多樣而豐潤的觀點。

　　這種敘事的好處是，閱讀者不是被關在房裡「觀看」知識，而是能真正嗅到泥土的氣味、動物的血水，感受各種食材在手中揉捏的觸感。閱讀者以參與者的姿態進入書本世界，在閱讀中成為事件的一員，也因此獲得更多的後續行動力。

　　喚起意識與行動，這正是作者所期望的，也是科普寫作的重要任務。Michael Pollan一書作為「問題導向的科普寫作」的理想範例，示範了如何從個人問題意識開始追尋，最終獲得滿意的解答，並影響更多人在這問題上付出關注。

同場加映練習

選一道題目，蒐集資料，進行科普寫作。

☐ 當人說「我愛你」，其實是在說什麼？

　　參考閱讀：《愛情的哲學》（Richard David Precht 著，闕旭玲譯，2015）

☐ 難民來到家門前，幫還是不幫？

　　參考閱讀：《我是誰？如果有我，有幾個我？》（Richard David Precht 著，錢俊宇譯，2010）

☐ 你不敢吃你養的寵物，為何敢吃你種的植物？

　　參考閱讀：《植物比你想的更聰明：植物智能的探索之旅》（Stefano Mancuso, Alessandra Viola 著，謝孟宗譯，2016）

 假設情境導向的科普寫作

　　挑一篇感興趣的文本，電影、小說、動漫、圖畫、新聞、評論，無論什麼都可以。針對當中特別引起你關注的部分，加以擴充討論。

　　《2050科幻大成眞：超能力、心智控制、人造記憶、遺忘藥丸、奈米機器人，即將改變我們的世界》（2015），是一本非常有趣的物理科普書。作者加來道雄是紐約市立大學理論物理學教授，也是「超弦理論」的奠基者之一，他曾擔任Discovery頻道節目主持人，與廣播節目主持人，這些經歷也許便是這本書具有大眾閱讀魅力的原因。

　　此書的特色之一，就是充滿大量的假設性提問。好比第二篇「心智與物質」的標題之後，作者這麼提問：

> 如果有一天可以把人造的記憶植入腦中，會怎麼樣？如果只要下載檔案到腦中，就能精通某個領域，又會如何？如果有天我們無法區別真實的記憶和假造的記憶，那麼「自己」到底是誰呢？

　　這些問題與「思想實驗」相仿，藉由想像力去進行現實世界中無法做到的實驗。加來道雄身為物理學家，並非藉由哲學推論的方式來試圖解答，而是說明當前科學已能做到或在規劃中的理論及技術，如：心智影像、動念打字、腦門晶片、腦際網路、外骨骼、可程式化材料等。透過這些理論及技術，也許人類尚不能真正實現「下載記憶」這回事，但已有接近的指引方向。

　　各位也許已發現，這些問題也與許多科幻電影情節相當類似。確實如此，科幻電影的本質，就是建立在科學知識上的想像與假設。因此在書中，作者時常引入電影情節來輔助說明，如：《星際迷航》的「全像甲板」與「心智融合」、《鋼鐵人》的「穿戴式機器人」、《星際大戰》的「原力」與「心電感應」等等。透過這些已被拍攝出來的科幻概念，閱讀者格外能理解這些科學知識內容，以及它們未來將衍生的種種影響。

　　想像力推動著科學前進，想像力也引領著人類前行。「假設情境導向的科普寫作」能夠結合穩固的科學成果與前瞻的科學視野，為當前科學研究與人類想像帶來更多無窮可能。加來道雄便透過這樣一篇理想的作品，讓我們見識到科幻如何「大成真」。

🖊 **同場加映練習**

選一道題目，蒐集資料，進行科普寫作。

☐ 科技始終來自於人性？《黑鏡》讓你嚇到吃手手

參考閱讀：《道德可以建立嗎？在麵包香裡學哲學，法國最受歡迎的 19 堂
道德實驗哲學練習課》（Ruwen Ogien 著，馬向陽譯，2017）

☐ 《命運石之門》的「探索之眼」是否可能？如何可能？

參考閱讀：《穿梭超時空：平行宇宙、時光隧道和十度空間大探索》（加
來道雄著，蔡承志、潘恩典譯，1998）

☐ 想當《星際過客》，你該怎麼打包行李？

參考閱讀：《太空旅行指南：從宇宙現象、天體環境、生理準備到心理調適》
（Neil F. Comins 著，高英哲譯，2017）

以上提供三種常見的科普寫作構想，希望能激起各位的寫作欲
望。實際動筆時，還有一些小技巧幫你提升作品好感度：

- 說一個好故事當引言，增加閱讀者的認同感與連結感。
- 使用生動的比喻，類比日常觀點，降低理解隔閡。
- 利用圖表、圖像，加強視覺印象，駕馭複雜資訊。
- 如果寫給青少年，可設定成高中程度；如果寫給一般大眾，可設
  定大學程度。
- 敘事態度講求誠懇自然，別過度炫耀。

請記得，科普寫作始終以「面向大眾」為訴求，撰寫時務必斟酌
自身程度，確立文字風格，安排敘事策略，合理書寫。徵引意見時，
也宜避免單一資料來源，凡有徵引，務必標明出處。

預祝各位寫作愉快，享受思考與探索的樂趣。

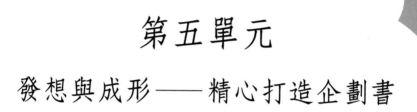

第五單元

發想與成形——精心打造企劃書

李慧琪

從計劃到企劃

二十歲，我希望騎單車環島。

三十歲，我希望擁有一場獨一無二的婚禮。

四十歲，我希望為公司開發新產品。

五十歲，我希望轉換跑道開創事業。

六十歲，我希望妥善安排退休生活。

七十歲，我希望選擇告別世界的方式。

⋯⋯

　　人的心中總有各式各樣想做的事，但若要讓想法成真，除了實踐之外，周全的計劃更能助人一臂之力。從求學階段開始，相信已有不少人曾為了讀書進度、假期活動等做過計劃，在設想擬定的過程中，其實就與企劃寫作有許多相似處。

　　企劃，顧名思義包含「企圖」與「規劃」兩部分。比方說，想趁著暑假騎自行車環島，之所以會有此念頭的原因，也許是因為想留下難忘的回憶，或是想自我挑戰，甚至是想更認識成長的這片土地等，無論是什麼理由，這就是「企圖」。而為了讓環島之旅順利成行，事前需要做許多準備工作，包含蒐集資訊、擬定行程、預估經費及設想突發狀況等，這就是「規劃」。

　　但職場企劃和個人企劃不同處在於，撰寫者不一定是個人，有可能是群體；「企圖」涵納的範圍也更廣，可以是舉辦活動、開創事業、推動事務、開發產品、行銷商品、研究調查、調整組織等。最重要的，職場企劃不只是個人的企圖，還要考量組織團體的目標或訴求

對象的期待，才能完成具有說服力的企劃。至於「規劃」方面，職場企劃同樣要做事先的蒐集調查工作，以整合各方面資料、資源，提出具體的實行策略與步驟，並考量可能遇到的問題與解決方案。只是不論在事項方面的分析評估、細節籌劃，或人員方面的溝通協調，所要思考的事情更為繁複，方能使企劃確實可行。總之，企劃寫作對撰寫者來說是一個全方位的訓練，包含觀察構思、蒐集資料、整理評估、組織表達等，因此完成一份好的企劃書，不但能展現企劃者的整合能力，更能有效利用有限資源解決問題，達到預定目的。

　　想要展開企劃之路，可先從掌握三個核心出發——「**發想**」、「**策略**」、「**成果**」。不管企劃內容是什麼，最終都是為了排解問題以完成目標，所以欲寫出成功的企劃，最重要的便是發現問題，並提出因應之道。「發想」就像一個羅盤，指引企劃實施的方向，其中最需要的是**創意**，才能走出不一樣的路；而「策略」則像一張地圖，規劃企劃實施的途徑，其中最需要的是**可行性**，方能順利帶領團隊到達目的地；至於「成果」如同一個寶藏，展示企劃實施的收穫，其中最需要的是**效益**，以給出決策者或投資者認同的理由。因此在進行企劃之前，先把企劃三核心放在心裡，在撰寫過程中，時時想著如何表現企劃的創意、可行性與效益，必有助於打造一個好企劃。

發想	策略	成果
要有創意	具可行性	要有效益

🦋 思考不設限——「企圖」的發想

　　掌握企劃三核心之後，便可進入企劃的發想階段。在校同學常說寫企劃最難的就是發想，其實無論在校園或職場，創意的想法皆得來不易，但還是可以藉由一些方法來幫忙產生好點子。基本上，寫企劃書與說故事有許多異曲同工之處，以下就透過說故事的考量點，來說明發想的訣竅。

🧭 為誰寫？為何寫？——企劃的定位

　　首先，在說故事之前，要先考慮聽故事的對象，就像說給大人與小孩聽的故事不同，每個人喜歡的故事類型也不同，所以構想企劃時，也要思考閱讀者是誰？或許是上司、投資人、客戶或審查委員等，不管是事先就確定的對象，還是事後再去尋找的對象，**能符合決策者的期待與需要**，企劃才能說服人心，獲得實施的機會與資源。比如以汽車廣告企劃來說，究竟要走時尚新潮、在地鄉土、浪漫唯美、溫馨家庭，還是介紹性能的路線，必須先了解客戶的取向，才能規劃出客戶想要的風格。而一般同學在寫作校園活動相關企劃時，最容易以「我們想要什麼」為出發點，但思索「補助單位想要什麼」、「贊助單位想要什麼」，也是很重要的。

　　此外，一個精彩的故事往往有個中心主旨，經由情節的發展傳達給讀者；一個好企劃也應該有個核心企圖，此企圖要能回應現實環境的狀況，提供某種處理應變之道，使企劃之價值得以突顯，這也是企劃之所以存在的理由。所以思考企劃方向時，**對於需解決的問題要先有明確的意識與定位**，以決定企劃目標。好比上司要求對公司營業額下滑的情況提出改善方案，得先確認下滑的原因是產品、產線、市場、銷售或管理等哪一方面的問題，才能真正對症下藥。在企劃一校園活動時，也要想清楚活動究竟是為何而舉辦？方可展現活動的特色與意義。為了釐清企

劃用心所在，不妨試著用一句話說出想做的事，此能使企劃目的更為聚
焦。

發想四要訣

　　不過要構思一個符合對象期望，有創意、有價值的好企劃，是很
不容易的事，故以下提供四個要訣，來幫助在發現問題或擬定策略上
的發想。

觀察周圍，發現問題　　觸動情感，引發共鳴

發想
四要訣

跳脫框架，創新思考　　蒐集資料，掌握趨勢

◆好點子就在身邊──觀察周圍，發現問題

　　一個故事的創作發想未必從解決問題開始，但故事的中心主旨通
常是藉著主角遭遇麻煩、通過考驗的過程逐步呈現。畢竟在幸福快樂、
安居樂業的情況下，大概很難發展出什麼故事，所以在故事背景的塑
造上，角色人物常常都面臨一些課題，故事劇情也就從角色們如何面對
挑戰、克服難關中展開，作者欲傳達給讀者的訊息也跟著蘊涵其中。而
一個企劃的發想也有類似之處，需擁有好奇心，對周遭的環境情況具備
觀察能力與問題意識，或是了解訴求對象所遇到的難題，進而提出解決
的辦法，這樣寫出的企劃才能真的切合需求，值得施行。記得筆者大學
時的班級劇展有段情節，是一個阿伯跑去便利商店繳水電費遭拒絕，但
現在的便利商店別說是水電費了，代收範圍幾乎無所不包。因為在生活
中發現民眾到指定行庫繳費不便的問題，便利商店就可提出更便民的服

務。所以常去人潮聚集處觀察民眾的生活、去聆聽市井百姓閒聊對話裡所吐露的煩惱，從中就可能找到新點子。

◆ 不一樣最出色──跳脫框架，創新思考

　　若詢問眾人心中印象深刻的故事，常常是題材特殊，或是情節出人意料、引發好奇，讓人忍不住想一窺究竟。成功的企劃也常起源於創意的發想，不論是在問題的提出方式、問題的思考方式，還是問題的解決方式，企劃者能表現與眾不同的做法，以引起對象的興趣。而想要有創新構想的關鍵之一，便在於能突破現有框架的限制。譬如手機功能之所以如此多元，就是許多設計者不侷限手機只能打電話、傳訊息，因此開發出許多新用途。或是一些看似無用的東西，換個方式運用，就能開拓不同的可能性，像台灣就有業者將虱目魚鱗或廢棄寶特瓶變成衣料。而為了刺激思考，激發創意，可以藉由一些思維訓練的方法，如常見的心智圖法、曼陀羅思考法、奧斯朋（Alex F. Osborn）的腦力激盪法、問題清單和狄波諾（Edward de Bono）的水平思考法、六頂思考帽等，都有助於在舊有基礎上作出改良變革，或是啟發新想法。

◆ 其實我懂你的心──觸動情感，引發共鳴

　　但是即使人心好奇，還是有一點可以留意，像是有些故事雖然內容未必創新獨特，但由於能表現某種人類普遍的價值，如刻骨銘心的感情、社會的公平正義等；或是道出人們面臨的困境，如渴求自由卻受環境所限、空有夢想卻無勇氣實踐等，也是能激起大家的同情共感。是故企劃發想也可走展現某種共同價值或呼應某種內在困境的路線，相信也能得到認可。如同許多行銷廣告都喜歡以父母與孩子的互動為主題，雖然情節不見得新穎，但由於親情是許多人心中最在乎的

部分，所以還是能夠使人感動。或是許多療癒小物都是動物造型，但加個「過勞熊」、「邊緣兔」、「單身狗」、「大齡貓」等字眼，反映人們心靈的苦悶，也可以造成風潮。

◆ 縱觀過去到未來——蒐集資料，掌握趨勢

　　雖然故事本身可以有許多天馬行空的想像，但仔細觀察不難發現，能說好故事的人往往自身也是有所積累，或博學多聞，或經歷豐富，或用心考察，特別是有些牽涉許多知識背景、專業領域的故事，更需要做足功課。從事企劃寫作亦然，除了平常就要有累積資訊的習慣外，詳實周密的蒐集調查工夫，有助於提供發想的點子，也能為已經出現的構想做出更完備的佐證與規劃。而如何蒐集調查？可從新聞媒體、書籍期刊、政府團體報告或組織內部檔案等，搜尋各式資料，也可直接進行市場、環境、人員、產品等相關調查以分析現況。同時在查訪過程中，也可預先掌握之後執行企劃可用的各項資源。比如想要研發一款新手遊，可先蒐集目前市面上各類型手遊的相關資料，再進行市場調查，分析玩家對於手遊最在乎的事項，如此便能找出新遊戲的設計方向。

　　此外，就算未來的世界變化萬千，還是有些趨勢可以在當下嗅出端倪，像是少子化、高齡化、綠能、循環經濟、人工智慧、虛擬實境、大數據、區塊鏈等關鍵字，都可幫助我們想像未來社會所需。因

此藉著對將來趨勢的預想，也可從中尋獲些靈感，比方專爲高齡社會打造的多功能APP、智慧住宅、VR醫療服務等。

卡住了怎麼辦？

在發想的過程中，萬一都沒出現好點子，也可嘗試集思廣益的方式，找夥伴一起腦力激盪，有時搞不好只是胡亂閒扯，反倒激發出好主意。另外，也可反其道而行，讓腦子暫時放空一下、順其自然，去聽個歌、看個展、散個步、洗個澡，甚至陪小孩玩、陪寵物玩等，都可能有意想不到的收穫。

「6W2H1E」登場

透過發想的要訣找出企劃主題，並做好事前搜尋與調查工作後，便能以這些構想與資料爲基礎，開始進行整理歸納、分析評估的統整工作，包含了解過去經驗、相關背景與目前狀況，掌握現有的條件資源（時間、人力、經費等），預估未來能達到的目標與可能的限制等，以選擇最適合的策略和計劃。而爲了讓企劃的思考更周詳，可參考一般企劃常提出的「6W2H1E」要素，從這幾部分設想，以盡量避免缺漏：

What 何事	企劃主題和目的
Why 爲何	爲何有此企劃構思或策略
Who 何人	企劃實施相關人員

Whom 對象	企劃提案或實施對象
When 何時	企劃實施時間與工作進度
Where 何地	企劃實施地點
How 如何	企劃實施的策略方式
How much 預算	企劃實施所需收支預算
Evaluation / Effect 評估或效益	企劃實施成效

紙上婚禮三部曲

　　以下就以婚禮企劃為例，循上述步驟來進行發想演練。假想畢業後，大學室友剛向交往八年的女友求婚成功，希望我這個死黨能為他們打造終身難忘的婚禮，那該如何開始設想呢？

Step 1　思考企劃的定位，確定對象目的

　　結婚雖說是兩人的事，但就傳統觀念上也是兩家子的事，因此在企劃對象的考量上，除了要掌握結婚當事人的想法，也要確認是否需考慮雙方家屬的意見。假設經過詢問溝通之後，得到以下訊息：

男方：要有**紀念性**，最重要的是不要超出**預算**。

女方：一定要**浪漫**、**與眾不同**的，畢竟一生只有一次。

男方家長：**菜色**要好，**交通**方便，氣氛要**熱熱鬧鬧**才有面子。

女方家長：年輕人自己決定。

從中可歸納出企劃對象的需求，包含：

具紀念性　　控制預算　　浪漫獨特　　菜色豐富　　交通方便　　氣氛熱鬧

　　如此一來，所需要解決的問題與達成的目標就十分明確，便能為企劃清楚定位。

Step 2　參考發想四要訣，提出策略

　　接下來，便可依上述發想四要訣，找出符合對象期待的婚禮形式。比如可**觀察**新人的互動，從他們的愛情故事中找到點子；或嘗試**跳脫**以往婚禮模式，設計別出心裁的活動；當然也可以兩人的愛情或對親人的感謝為核心，規劃令人**感動**的儀式；此外，對於現有婚禮常見形式、相關費用等，可先作事前**調查**整理，以方便結婚當事人選擇最適合的方案。然後就可以試擬出一些符合需求的策略：

發想策略	解決需求
觀察兩人一聊到海，話匣子就停不了，又想起兩人當初是因潛水結緣，乾脆就以「海洋」為婚禮主題。	具紀念性

發想策略	解決需求
跳脫婚禮常見的音樂演奏或婚禮歌手形式，找搖滾樂團演出，營造類似春吶的熱鬧感覺。	➡ 氣氛熱鬧
播放一段新郎平時偷拍新娘一顰一笑的照片剪輯，最後加上新郎現場感性告白。	➡ 浪漫獨特
經過調查，找出有特惠專案、菜色評價高、地理位置方便的餐廳。	➡ 控制預算 菜色豐富 交通方便

Step 3　以「6W2H1E」要素統整，讓想法更完整

對於整個婚禮企劃策略有了初步發想後，就可思考「6W2H1E」這些要素，看看有何環節需要補充：

What　以海洋為主題，規劃符合對象需求的婚禮。

Why　希望為友人打造難忘婚禮，且新人都愛海洋、愛潛水，故以「海洋」為婚禮主題。

Who　會場除餐廳原有工作人員外，還須安排招待人員、主持人、表演樂團、拍攝人員等。

Whom　除婚禮主角、家屬外，請新人提供賓客名單。

When　婚禮時間預計在秋天，距今還有十個月，須往前推算訂餐廳、找表演樂團、確認工作人員等事前工作進度，並規劃婚禮當天流程。

Where　婚禮場地可選在○○餐廳，除有優惠、菜色好、氣氛佳之外，主打海鮮料理符合婚禮主題，場地也能容納20桌。

How

布置：可用藍白氣球打造海洋風情，並放上海底世界看板，供賓客拍照。

活動：新人分三次進場，分別搭配影片或活動，其他時間則由樂團穿插表演。

禮品：進場禮（熱帶魚氣球）、送客禮（貝殼巧克力）。

問題：須考量桌數調整、颱風影響等。

How much　新人希望所有支出控制在50萬內。

Evaluation / Effect　賓主盡歡、預算控制得當。

　　經過以上的發想步驟，基本上整個婚禮的雛型已出現，便可依此再做細節的籌劃。

　　最後要提醒的是，在發想構思過程中，還可向有關人士詢問、溝通，前輩的經驗往往能點出企劃的盲點，事前的討論能盡量避免執行的困難，使企劃更確實可行。

🦋 天馬不行空——「規劃」的成形

　　腦袋中的好故事，還是得一筆一畫落實成具體的文字，過程中對於角色、情節的安排，都會影響讀者的閱讀。相信大家或多或少都有這樣的經驗，一個一開始吸引人的故事，若之後的情節不合邏輯、交代不清，結局虎頭蛇尾、草草作結的，一定讓人有失望受騙、浪費時間的感受。而天馬行空的企劃想法也得藉由合理詳實的規劃，方能實現。其實有了初步的企劃構思之後，整體企劃的輪廓以及該具備的要素大概都已掌握，接下來要做的就是細部內容的撰寫。在寫作過程中，可隨時修正原先的構想，但要謹記企劃三核心——發想、策略、成果，即究竟有何創意的發想、採用什麼可行策略來解決問題、達成何種成果效益等，皆是突顯的重點所在。雖然企劃書的運用範圍廣泛，沒有固定的格式，但仍有一些基本結構和寫作原則可供參考。

骨架的建立

企劃書的基本架構大致可歸納成以下幾項：

企劃書架構	封面	目錄	摘要	背景目的
	調查分析	策略計劃	結論評估	附件

通常封面、目錄是必備的，摘要、附件則依情況而定。至於背景目的、調查分析、策略計劃、結論評估的部分，可依不同企劃類型，延伸出各種相關內容。下面以常見的活動、產品、創業、廣告等企劃為例：

項目／類型	活動企劃	產品企劃	創業企劃	廣告企劃
摘要		企劃摘要	企劃摘要	
背景目的	活動宗旨	發想背景	創業目的	背景目標
調查分析		現況分析	產品分析 SWOT分析	情境分析
策略計劃	活動說明 宣傳策略 工作進度 人力分配 器材需求 經費預算 應變方案	產品定位 產品內容 銷售策略 開發時程 人力分配 財務預算	公司定位 經營策略 工作進度 組織架構 經費預算	廣告策略 腳本說明 媒體策略 預算分配
結論評估	預期成果	效益評估	成果評估	預期成效
附件	交通地圖		專利證書	

　　故在寫企劃時，可先以上述基本架構爲基礎，再衡量各類企劃情形，擬出所需項目，而關於項目名稱、排序，都可以靈活調整，這樣便能確立企劃書的大綱。

◎ 血肉的完備

　　企劃書有了骨架之後，下一步就要賦與血肉。若之前已從企劃「6W2H1E」的要素來統整發想，對於各項目的內容就應有些概略想法。至於在寫作過程中，是否要按照大綱順序一一書寫，可依個人狀況而定，總之可先完成初稿，再逐步修正、豐富內容。接著就來看有哪些需要注意的寫作事項。

◆ 背景目的要清楚

　　首先，在企劃書一開頭，應有「背景目的」的交代，如發想緣起、宗旨理念、概念構想或期望目標等。在寫作時謹記清楚說明以下幾個關鍵：「問題是什麼？」「目的是什麼？」「價值是什麼？」「創意是什麼？」同時別忘了要站在決策者立場來思考，畢竟能回應對象需求的企劃，才能引發共鳴，具說服性。

◆ 調查分析要精確

　　其次，「調查分析」的部分並非所有企劃書都具備，如活動類型、教育訓練、小型企劃等，就比較少見此項。而依據企劃書的不同性質，也需要不同的分析方式，常見的有產品分析、產業分析、市場分析、消費者分析、競爭者分析、組織分析、SWOT分析等。調查分析的內容是支撐企劃想法、目標的重要基礎，可幫助釐清眞正要解決的問題，爲企劃方向做出明確定位，以顯示企劃的可行性與競爭力。因此，資料取得一定要正確嚴謹，資料分析也要精準獨到。例如在創業

型企劃書中，可先分析相關產業的現況與未來，以突顯本創業構想的特色，並根據分析結果，說明事業定位方向、所提供產品或服務的具體內容等。不過對一般非商管領域同學初次做企劃時，可能不需要也無法進行太專業的分析，但仍可以針對企劃主題做一些資料調查或問卷，調查方面要注意資料的正確性、時效性，並註明出處，問卷方面則要注意樣本的可信度、有效度。

◆ 策略計劃要周詳

　　一個不可行的企劃，便失去了存在的意義，所以在「策略計劃」方面，須仔細陳述實施企劃的戰術方法，考量要盡量周延詳盡，以確保企劃是可被實現的。基本上這部分的撰寫，對同學來說是很好的訓練，可幫助個人思考更為縝密，因為往往自以為完整的內容，經過大家討論回饋之後，才發現原來有許多疏漏。統言之，在人事時地物等方面該怎麼安排？要想得周全、說得明白；會遭遇什麼問題？也要事前預估、研擬應變方案。而常見的計劃內容大致有以下幾項：

實施計劃	說明策略計劃如何制定推動，除了方法程序要清楚，也可突顯特殊創新處。
人員計劃	說明團隊的人力資源與執掌分配，可採組織架構圖呈現。
時間計劃	安排各工作項目執行的進度、流程，可採甘特圖、進度表或流程圖等方式呈現。

預算計劃	考量現有資源、收支情況或對象預算等，詳實編列各品項、單價、數量、金額。常見費用項目有人事費、業務費、事務費、設備費、材料費等，可採預算表方式呈現。
預期問題	事先設想可能發生的問題與風險，並提出解決方式或替代方案。

◆ 結論評估要具體

在「結論評估」部分，往往是備受關注處，甚至有些決策者會直接先從結論看起。在這項內容中，包含評估執行企劃可獲得的效益、未來發展性等，為求具體，可從量化、質化兩方面說明，最重要的是能善用數字，和呈現執行企劃前後的差異改變。

最後，別忘了為企劃書加上封面、目錄，並視情況提供摘要或附件。封面包含主題名稱、相關單位、撰寫人員、提案日期、聯絡方式等，目錄則是條列企劃書各標題、頁碼，以供查閱。摘要通常是企劃內容較繁複，或閱讀者時間有限時，可摘錄企劃要點，讓人快速掌握，而企劃三核心──發想、策略、成果，必是敘述重點。至於企劃若有其他相關文件、資料，亦可作為附件補充在後面。

◎ 靈魂的灌注

對於生命來說，有骨有血有肉還不夠，最重要的是有靈魂，才能顯出生命存在的意義。寫作企劃書亦然，即使架構分明，內容完備，若要具有動人的力量，就得要有靈魂，才能使企劃具備亮點。而如何為企劃注入靈魂？除了前述在發想上有創意，在成果上有效益之外，還可以從「標題」、「故事」、「願景」三方面著手。

◆ 一見鍾情的標題

　　走在校園隨處可見各式各樣的活動宣傳，從活動標題中常看出同學的巧思。而企劃名稱也是有同樣的作用，除了要能切合內容主題，也要能吸引人。比如「新零食開發企劃案」，從標題並無法得知是什麼產品？也無法得知此產品能為公司帶來什麼效益？但若改為「零食界的異軍——果凍餅乾企劃案」，就比較能顯示新產品的特色與潛力。所以在標題上多費心思，就能產生引人注目的效果，也更能顯出企劃的與眾不同。

◆ 打動人心的故事

　　通常在交代企劃背景目的時，除了清楚說明前面提過的要件外，也可嘗試以「故事」來包裝，更能讓人記憶深刻。以上述「果凍餅乾企劃案」為例，可說一個關於兒時的故事，譬如「回外婆家總是最開心的事，外公外婆對待孫子的唯一原則就是『寵』。每次離開時，往往左手握著外公塞的果凍，右手拿著外婆給的餅乾，所以果凍餅乾不只是零食，它結合了外公與外婆的疼愛」。當加入了故事的元素，不難發現產品有了情感的溫度，自然更有感動人的效果。同學的企劃案較少見在說故事方面的應用，所以可以嘗試打造一個屬於自身企劃的故事，幫企劃加分。

◆ 清晰可見的願景

　　曾經聽過一個養老村的規劃說明會，會後民眾踴躍舉手詢問，其有說服力的一大關鍵，就是讓在場聽眾可以想像養老村建成後的情景，除了利用模擬圖呈現養老村完成的樣貌外，印象最深的是講者從嗅覺上，幫助大家想像那是一個沒有藥味、臭味的清新環境，極力傳

達出長者在每個細節上都可以得到照顧與尊重。因此，不管是利用敘述、圖表、繪畫、影像等何種方式，企劃的成果願景要像一幅畫般讓對象看見，即使企劃尚未執行，卻彷彿不只見到活動的盛況、銷售數字的提升，更重要的是看到無可取代的品牌價值、消費者的幸福表情、安心優質的商品或服務等，如此企劃必更容易得到支持。

外表的妝點

行文至此，企劃寫作原則的說明重點皆放在內容部分，但其實企劃的外在形式，也可加以編排設計，而**「清楚」**與**「美觀」**是兩大原則。比方整體的文圖格式與版面編排上，看起來要層次分明，富於變化。此外，通常閱讀企劃書第一個注意到的便是封面，因此也可配合企劃主題加以設計，讓人在看到企劃書的第一眼，就留下深刻印象。若更講究的，連顏色、紙質都可以考量在內。

NG 狀況神救援

基本上，要寫出完美的企劃並不容易，天時、地利、人和每個環節都要配合，所以只能盡量力求完善。以下列舉一些同學企劃中常見的問題，寫作時可提醒自己避免類似情形出現。

狀況 1　目標可行性低

在進行企劃發想時，許多同學都能夠從解決周遭問題出發，甚至有許多創意點子，但卻忘了考慮可行性。如提出「社區風力發電企劃」，希望能善用社區風大的資源，透過架設風力發電機的方式，讓社區能自行發電，自給自足。然而光從成本考量、設備管理、噪音問

題等，就知道不太可行。或是提出「打造校園五星級健身房企劃」，由於目前台灣學校經費有限，而且也未必願意將資源投注在此，所以可行性也是不高。

狀況2　價值特色不顯

同學常常提出相似度極高的活動企劃，往往看不出價值特色。此時不妨反問「不做可以嗎」、「別人做可以嗎」，就能幫助思考自身企劃的重要性與創意性。如要進行「環島旅行企劃」，就可想想大家都環島，我們有什麼不一樣的？像可以結合公益，在環島路線上規劃到在地的公園、廟宇陪老人家聊天，甚至教老人家更熟練地使用手機軟體，如此企劃案就能表現出關懷長者，或幫助長者提升利用資訊能力等不同的意義。

狀況3　佐證資料不足

此狀況包含缺乏佐證資料，以及資料證據力不足。如「大學生餐飲APP開發企劃」，與其只在企劃緣起提到「對大學生來說，三餐要吃什麼是件麻煩的事，所以想要開發校園餐飲APP，幫助同學解決食的問題」，不如做一個校園問卷調查，更具體呈現有多少比例的同學有類似煩惱，同時也更能掌握美食APP要提供什麼功能，以真正解決同學的問題。或舉辦「新住民園遊會」，與其在企劃宗旨中說「新住民日益增加，但我們對於身邊的新住民又了解多少」，還不如引確切數據，「依內政部移民署106年10月的統計資料顯示，目前台灣新住民人口已達52萬，新住民子女亦逾39萬」，以清楚呈現新住民在台人口數

量，也更能提醒我們對於這些新住民應有更多認識與重視。而有附上調查資料的企劃，常見問題就是引用不夠嚴謹的網路資料，或是問卷設計、發放有疏漏，使得數據未必能採用，所以要更為謹慎仔細。

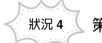

狀況 4　策略計劃不完善

百密總有一疏，此狀況幾乎在所有同學的企劃都或多或少出現。如活動類型企劃，常見活動規劃不完備、活動流程不順暢、宣傳方式不足等問題；競賽類型企劃，常出現比賽辦法有缺失、評審背景未介紹等問題；產品類型企劃，常出現產品功能不清楚、執行難度高等問題。對此，只能努力設想周全，此外，詢問相關人士的意見，也是很有幫助的。

狀況 5　時間地點考量不周

在時間方面，如舉辦校園活動，卻安排在連續假期或考試週，影響同學參與意願；或是辦理小朋友營隊，活動結束時間卻在晚上十一點，造成回家風險等。在地點方面，也常未考量活動性質、人數，選擇不恰當的場地；或是未預想場地熱門程度，可能到時租借不到；甚至未考慮場地附近交通、停車規劃，造成參與者的困擾等。這些都需再更審慎思考。

狀況6　預算編列不詳實

　　在同學的預算規劃中，常見只寫品項、價錢，未列出單價，或是項目有缺漏的情況，如活動收入、人事費用就常被忘記列入。有時，也會出現未經過調查評估的數字，如「網頁設計費1000元」、「大型遊覽車日租費3000元」等，與實際市場價格落差太大。所以在數字上要細心查核。

狀況7　未列預期問題

　　有不少同學在寫作企劃書時，忘了設想有時候會遭遇許多突發情形，而漏掉此項目。如活動企劃需考慮雨天備案、流程調整、意外處理（保險、醫療）等，或萬一面臨經費來源不足、參與人數過少／多等問題，該如何處理？凡此都要事先想好，隨機應變。

狀況8　成果效益不具體

　　通常同學都能說出企劃在質化方面的成效，卻常缺乏量化方面的說明。如舉辦活動的效益，與其說「吸引民眾踴躍參與」，不如說「預計能吸引近1000人次參與」；研發APP的效益，與其說「能獲得更多使用者下載」，不如說「預計在一年內達成10000下載人次」。或是一個拉贊助的活動企劃，在企劃書只提到「贊助廠商可在活動宣傳上出現，依據贊助金額也有不同回饋方式」，廠商還是不太清楚贊助活動可得到的效益。但若改為以下形式，更能讓廠商明確了解支持活動可獲得的回饋。

贊助金額	回饋方式	宣傳時間
5000	廠商LOGO可放在平面宣傳單	一星期
10000	廠商LOGO可放在平面宣傳單、海報和網頁	一個月

 狀況 9　未善用圖表呈現

　　一些複雜的概念、瑣碎的工作、統計的數字等，若能用圖表的方式呈現更佳。如近來同學常提出APP類的企劃，若只用文字說明使用介面，不如圖示清楚；或是像人員、時間、預算的規劃，用條列方式也不如圖表明白。若引用到相關數據，僅文字敘述，如「在國發會106年網路沉迷研究調查報告中指出，從教育程度的分布來看，網路沉迷風險群中有40.9%擁有大學學歷，33.1%為高中職學歷，10.1%為專科學歷，7.7%具有研究所以上學歷，7.3%有國初中學歷，0.9%的學歷在國小以下」，就不如下圖更一目了然地看出網路沉迷風險群中，各教育程度所占的比重。

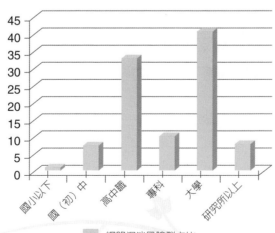

最後一哩路

終於千辛萬苦完成一份企劃書，可千萬還不能鬆懈，除了要校對內容、格式，以避免錯誤、缺漏或重複的情形外，同樣可以請有經驗的人幫忙看看是否有不足處。總之，提出前再做一次確認，精心打造的企劃書就能正式登場。

企劃確認清單

項目	✔
定位很明確？	
企劃有亮點？	
策略能完備？	
成果超具體？	
內容無錯漏？	
表達可清楚？	
排版夠美觀？	

無論科技如何進步，專屬於人的創意發想仍舊是電腦、機器無可取代的，因此企劃人才永遠都具備競爭的優勢。不管是為了自己或是其他對象，就從觀察周圍、發現問題，踏出企劃的第一步吧！

練習時間 請依以下表格，開始打造你的企劃！

企劃構思表		日期：＿＿＿＿＿＿	
What Why	企劃名稱	發現問題	
		設定目的	
	創意點	蒐集調查	
Who Whom When Where How How much	策略計劃		
	預期問題		
Evaluation / Effect	成果評估		

第六單元

說服與改變——好簡報是華麗演出

康 珮

別急著說，簡報是一場 Show

在教學現場中，老師、學生總有做不完的簡報，出社會之後，公司會議也會使用簡報。彷彿，人人都是天生的簡報高手，不用訓練就能做簡報。真的是這樣嗎？

什麼是簡報？什麼是好簡報？

先別回答。回想一下過去在台下聽簡報的經驗，答案就呼之欲出了。

偶爾聽到令人印象深刻的精彩簡報，但是更多時候，簡報等於：滿滿的投影片、雜亂的版面、不知所以然的眾多數據、講者悶著猛念稿、教室裡只有一成不變催人入眠的聲音迴盪……，只要從聽眾的角度來看，簡報好壞一目了然。

電腦軟體貼心提供許多簡報範例，或是制式的表格、圖表、背景、格式，如此一來，做出美觀的簡報投影片似乎輕而易舉。許多學生耗費大量時間著力於投影片的製作，卻在報告現場，因為不佳的演說技巧讓台下呼呼大睡，可惜了熬夜苦心製成的投影資料。為什麼？

「過分執著於投影片」！「被投影片綁架了」！

當我們做簡報時，因為擔心無法臨機應變處理現場狀況，所以把報告內容滿滿塞在投影片中，琳瑯滿目，讓人抓不到重點，像這樣：

  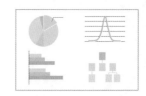

　　然後不管三七二十一，躲在講台後面，眼神死盯電腦，堅持「念」完它。當然，這樣的簡報經驗肯定糟透了！那麼到底怎麼樣才能完成一場精彩的簡報呢？

　　簡報＝講者＋內容（投影片）＋聽衆

　　常見簡報失敗的原因，多半來自以爲承載資訊的投影片是簡報主角，講者是傳達資訊的輔助。錯了！投影片應是輔助的角色，講者才是賦予這些資訊靈魂的主角。其實一場成功的演講，應該在沒有投影片的情況下，都能泰然地、流暢地、簡明扼要將主題表現出來。當然，精心設計的投影片，可以成爲風采迷人主講者的祕密武器，搭配講者時時考慮聽衆的狀態，調整語氣動作與報告內容，緊抓住聽衆的注意力。

　　忽略任何一個環節，都無法成為好的簡報。

　　不只學生，連老師上課製作投影片也時常犯了同樣錯誤，初衷是爲了提升學生學習能力，但卻忽略簡報的原則，常常一字不漏地念誦投影片內容，成爲標準的「讀稿機」，學生反而比正常授課更興趣缺缺。

　　既然簡報關乎「講」，怎麼講得精彩？使觀衆投入？達到簡報的目的？都和說故事的技巧相關，講者的服裝儀態、音調表情、肢體語言，都是演出的一部分。簡報是一場Show，從事前準備、現場演出，到後續經營都必須是精心彩排過的結果。

簡報前這樣做，人人都是賈伯斯

　　市場上有許多簡報的教戰守則，歸納了簡報能夠成功的元素和大原則，但是缺乏引導的步驟，以致讀後還是摸不著頭緒。以下將區分爲簡報前、簡報時，和簡報後逐步展開，讓初學者能夠有所依循，順利完成一個好的簡報。

Step 1　找出你的演出風格

如果我們提問：「簡報之神」是誰？大家腦海中浮現的，大概都是同一個名字：「賈伯斯」。黑色高領上衣，隨興的牛仔褲，藍黑色的投影片，還有幽默風趣、掌握全場的口條和風采。

但並非人人都能是賈伯斯，也並非人人都適合當賈伯斯。賈伯斯的魅力其實極具「個人」特質的，單靠模仿，有時反而畫虎不成。

談「演出」，而非「演講」，因為簡報本身是一場表演，涵蓋的不僅是說話，包括服裝、姿態以及身體語言都是為了營造你個人的品牌。

如何讓一場簡報成為令人印象深刻的演出？首先，得先找出自己適合的、擅長的風格，然後讓它成為你的招牌形象，也就是「品牌」。歐巴馬即使在危急時刻，仍給人從容幽默的親民印象；陳文茜慵懶但睿智；蔡康永善於將深度訪談轉換成輕鬆談天，讓來賓不自覺就把私底下一面呈現出來；藝人納豆刻意營造的諧趣形象，看似口拙，其實機智，反而是他的金字招牌；購物王牌銷售員以滔滔不絕的嘴上功夫，讓買家購物成為陪襯，似乎看表演才是目的。

在課堂上，學生也並非都是口才卓越的演說家，令人印象深刻的簡報卻也不都是唱作俱佳的大師風範，有時，誠懇踏實的謙虛態度亦會博得好感；有時，學生帶點家鄉口音的陳雷風格意外博得滿堂彩。所以，先找出自己的特色，讓它成為你的風格，是上台前的第一步。

Step 2 **確認簡報的屬性**

　　簡報有許多種,以下介紹最基本的三種:「報告式」、「表演式」以及「行銷式」。

教師、學生多採用的「報告式」簡報:
　　這類簡報重的是資訊、知識的介紹與傳達。公司的財務簡報、保險業的產品簡報也屬於這一類。表現方式切勿煽情誇張,但必須展現論證力強、簡潔明快,一目了然的功夫。

演講、TED採用的「表演式」簡報:
　　這類簡報的故事性最強,最具感染力。受邀的主題式演說通常屬於此類。表現方式必須帶有感染力,帶動觀眾情感或情緒,最怕自說自話,觀眾無法投入。

產品、廣告採用的「行銷式」簡報:
　　這類簡報必須說服投資者或消費者,燃起行動力。爭取贊助、販售商品均屬此類。表現手法要將產品轉換為價值,訴諸聽眾利益,讓聽眾產生購買意願,才算達到目標。

　　上述三種簡報類型看似不同,卻有個共通的特點:讓聽眾感覺有所收穫。三者都必須達到「說服聽眾」的效用:「報告式」簡報透過講者解說,讓人清楚掌握知識及資訊,老師認可學生的觀點、同學從

中獲得知識，老闆和同仁準確接收財報、產品的訊息，最終有「我了解了」或「我學到了」的感覺，是一種正向的、知識面的提升。「表演式」簡報讓人產生共鳴，促成某種信念，對人事物獲得某項啟發，覺得生命被觸動、心裡被激勵，同樣是生命翻轉向上。「行銷式」簡報說服聽者，讓聽者相信只要展開行動，投資或購買，便會為自己帶來商業上以及生活上的最大利益。

先確認你的簡報屬性，會讓你的簡報目的更明確，表現手法也略有差異。

Step 3　分析你的聽眾

要達到「說服聽眾」的效果，就必須了解聽眾的需求。本書反覆強調，別一個勁地只顧完成你的演講（賣家語言），在說故事的邏輯中，「聽的對象」決定成敗（買家語言），永遠是第一考量。

以授課經驗為例，空大的學生年齡較長，生活閱歷豐富，主動求知慾也強，和他們談小說，不用擔心他們滑手機、睡覺，他們不見得要求你的課有多少趣味性，可是他們要看看你有多少料，說的內容能否和他們的人生經驗產生相應和共鳴。大學生則未必，課程若沒有吸引他們的元素，只單靠傳授知識，很可能換得沒人選課的悽慘下場。去高中演講同個主題就更有挑戰性，孩子生命經驗少，聽過的故事也少，常常得花時間把故事始末說清楚，又擔心整場演講只淪為說故事，缺乏演講深度，如何在說故事和闡發意義上拿捏比例，讓演講同時兼具趣味與教育價值，又能控制全場，讓孩子聆聽到最後，心滿意足地帶著笑離開演講廳，就真的是簡報的極致表現了。

所以，行前的市場分析關乎簡報成敗，我們可以用**6W1H**幫助檢視：

Who 誰在說	講者的身分、主辦單位會如何介紹我
Whom 對誰說	受眾、對象（年齡、職業、聽講動機⋯⋯）
What 說什麼	簡報內容、主題
Where 在哪說	場地
Why 為什麼說	簡報目的（傳遞知識、產生感動、行銷商品）
When 說的時間	簡報時間長短、簡報出場順序
How 如何說	表達方式（風格、引言、服裝⋯⋯）

舉例來說：

【例一】要爭取贊助商支持產品上市。

Who	產品發明者或公司代表
Whom	廠商代表、贊助商
What	產品介紹與行銷企劃
Where	會議室（小型空間，約容納20人）
Why	希望爭取經費贊助
When	上午？中午？下午？時間長短（5分鐘？10分鐘？）
How	服裝正式，展現專業的風格，以可預見的利益吸引廠商投資

【例二】受邀到學校發表新書。

Who	作者
Whom	學校師生（年紀、背景、是否具備主題背景知識……）
What	新書內容和寫作過程分享
Where	大講堂（200人的空間）
Why	希望宣傳新書，營造個人品牌印象
When	上午？中午？下午？時間長短（60分鐘？100分鐘？）
How	服裝親和，風趣的風格，用自身經驗讓聽眾和講題產生連結，引發聽眾興趣

　　不同的演說模式會採用不同的表現手法，也會讓簡報內容隨之調整，如前所述，同一個課程若一成不變地放在聽講動機、教育程度、背景、年齡不同的群眾身上，不可能都獲得一樣好的效果。因此，簡報前先向主辦單位確認聽講對象的人數、背景、場地，是非常重要的前行準備工作。

　　願意主動聆聽簡報的聽眾，通常比較不棘手。因為他參與這場演講的動機，本就是對講題或講者有興趣，你只要做好所有的準備，便可讓自己完美演出。

　　過去的演講經驗中，**最可怕的莫過於，聽眾是被派來充數的。**

　　這樣的聽眾，對你的報告內容完全不感興趣，心態消極，只想等著結束的那刻來臨。當然，對你的提案完全沒興趣的廠商，準備簡報後狠狠修理你的老闆……，都可以歸類這樣的聽眾。

　　這時，**增加生活小故事的分享**，是一個不錯的方法。多使用故事或例子連結主題，營造氛圍，會比硬梆梆的演講吸引人喔。例如一個企劃提案，可以用一個故事做為企劃的發想：「我想告訴大家一個故

事，○○○○○○○○○○○○○○○○，這和○○○○○（企劃案）的關聯是……。」將漠不關心講題的聽眾「捲入」，專門術語叫「勾子」，引發興趣，或是讓聽眾覺得和自己相關，後面的演說會比較順利進行。

Before show time　**自己做簡報，並反覆練習！**

　　還記得簡報是一場Show嗎？儘管是賈伯斯，每次呈現簡報之前，都是和幕僚團隊**反覆演練**的結果。也就是說，假手他人的投影片製作，若不是出自演講人的概念、蘊含著演講主軸，投影片製作是A，報告者卻是B，是很難表現絕佳效果的。賈伯斯總能從容地拿著一支遙控器，瀟灑又帥氣完成簡報的原因，是因為投影片的順序、頁面之間的轉場文字，早已反覆演練，牢牢地烙印在他腦海中，他只要極力表演，讓講詞和投影片搭配地天衣無縫，同時散發迷人風采、駕馭全局的氣場，這場發表會就是經典。

　　自己做的簡報，加上反覆練習，也可以輕鬆記憶，牢記下一張投影片，如此便可以在二張投影片的轉場空檔時間，自然地用話填補空檔，使演說更為流暢，不會有太多等待、冷場的無效時間。

簡報時掌握 3 的魔法術

　　故事、簡報都要掌握「3」的魔法原則，一旦超過3的基本結構，就難以讓人把握重點。像前文，step1、step2、step3，是敘事的結構，就算有第4點要說，也可以說，「我還想向大家提醒一點……」，「還有一個原則……」，如同上面「Before show time」，其實是step4的另外一個說法，就是不想破壞「3」的基本結構。

因此，簡報內容可以區分為「3」項：導言、主軸、結論。

導言	主軸	結論
吸引聽眾	先給結論	提供願景
觸發興趣	後分析	激勵聽眾

🎤 好的導言，演說成功一半

好的簡報大約會運用前1到2分鐘的時間，抓住聽眾的目光，因此這前1到2分鐘的導言很重要。你可以有以下幾種常見的選擇，借用TED最著名的幾場演講為例：

用一個幽默的開場方式，說明自己何以站在這裡演講，拉近和聽眾間的距離。

《讓天賦自由》的作家肯‧羅賓森（Ken Robinson）被譽為TED最受歡迎、最激勵人心的演說家。演講開始，他先說四年前也曾接受TED邀請，當時自己的演講被錄製成DVD送給觀眾，大家帶回去放在架上連看都沒看；一個星期後，演講被放到網上，四年的收看人數大概是400萬人（請注意，對一個成功講者，四年400萬人實在不算多）。如今主辦單位又邀請他演講，理由是，「相信有許多人都想聽你的演說。」他停頓一下，自我解嘲的表情引起群眾大笑。而後他利用了很重要的「沉默」技巧，這幾秒鐘是寶貴的留白，目的是集中聽

眾眼光，醞釀氣氛，而在大笑過後，他笑笑說，「看來主辦人說的是真的。」（觀眾第二次大笑讓場上氣氛極為熱烈）幽默的開場白讓聽眾感到親切，也對演說人產生好感，對演講有加分效果。

佈下一些懸疑（勾子），丟出一個引起聽眾好奇心的問題。

艾美・柯蒂（Amy Cuddy）是一個社會心理學家，她的演講題目是「姿勢決定你是誰」。破題時她先問現場聽眾，有沒有注意到自己此時坐著的姿勢？她說：「請你們先檢視一下，待會我們會回到這件事，也希望你們之後有所改變。」這是一個引人入勝的手法，觀眾好奇「我此刻的坐姿和今天的演講有何關係」，自然而然將聽眾「捲入」這場演說中，沒有人置身其外。

用一個故事帶入主題，將原來嚴肅的講題轉換為較親和的話題。

布芮尼・布朗（Brene Brown）開門見山地說：「我要說一個故事。」她是一個博士，一個大學學者、研究者，當要分享她的研究成果時，她選擇用軟性的故事包裝，讓實驗結論更有溫度。原本冰冷的社會學研究，用這樣的溫暖開場讓聽者先卸下心防，對嚴肅的話題不會產生抗拒，不失為一個好的策略。

但是請小心……

找出適合自己、適合這場簡報屬性的導言，**勿東施效顰！**

上述的導言模式並非全部的手法，有時候三者也可以合而為一，甚至，厲害的講者隨時可以創造新的模式，不過要提醒的是，以上的手法運用在「表演式」、「行銷式」簡報可以為演講增色，在「報告式」簡報卻未必。試想，學生對老師、下屬對長官、職員對老闆，在報告重要資訊時，太花俏的導言只會顯得不夠莊重、油腔滑調了。

那要怎麼辦？

引出問題，提出解答便是最佳導言！

「在這次的研究題目中，我發現了一個問題：○○○○○，而透過○○○○○的方法，我們可以得到○○○○○的結果。」

「在這個月的營運中，我發現○○○○○不如預期，根據我觀察整理後，發現○○○○○，應該可以解決○○○○○的問題。」

先提出聆聽者關心的、和本次報告密切相關的問題所在，便能「勾住」聽者目光，然後逐步說明報告核心，展開問題，提出解決方案，甚或進一步勾勒願景（提出研究的不足處，或未來延伸的可能方向），便達到了「報告式」簡報的要求。

小提醒

▶ 當發現聽眾的反應不如預期，別堅持把預演的走完。可以適時停一下，技巧性地了解是哪個環節出了錯，例如：內容太艱澀了嗎？講速太快了嗎？然後及時修正。

▶ 別把自己當成演說家，自以為是的狂傲態度或自High的搞笑橋段都可能毀了這場演講。所有偉大的演說家看起來都是平易近人的。

▶ 別設計一堆要聽眾回答的問題，卻將自己逼入無人回應的窘境。歐巴馬習慣向聽眾丟出問題，增加聽眾思考和互動，但是他會停頓幾秒後，便會自行闡述和解答，一樣達到互動的效果。

▶ 別去批評你的聽眾，「上次我演講時大家都有疑問，你們沒有嗎？」這不是個討喜的模式。相反的，「哇！你們是我演講這麼多場中反應最熱烈的！」這可能是比較好的做法。

🎤 導言後，快速且明確點出簡報的目的，然後才分述

簡報的**目的要明確**。在學校常看到學生花了簡報一半的時間鋪陳資料，聽眾根本不知道這些資料和今天的簡報關係何在，如同馬耳東風一般，忽略了這些資料的可貴，十分可惜。

換個方式，如果在簡報開頭就直接告訴你：「我要證明○○○○○，以下請看我的資料。」聽者就會把每一個資訊和目的連結，這樣的資訊才能準確判讀，不會浪費。

當然，在主題的展開過程可以有多變的形式，但是導言後，盡快進入主題，避免聽眾不耐煩，也能讓後面的論述事半功倍。

🎤 簡報結論提供願景，激勵人心，讓簡報具備向上提升的「改變」價值

好的簡報，會讓聽眾在簡報結束後，覺得心靈充實，收穫滿滿。因此，簡報收尾若能輔以願景，例如艾美・柯蒂（Amy Cuddy）在TED「姿勢決定你是誰」的演講最終，就告訴聽眾，把今天演講的結論分享出去，特別是缺乏資源和資訊的弱勢者，讓他們可以從姿勢改變自己，獲得自信，改變他們的人生！

「行銷式」簡報可以這麼結尾：「我相信貴公司此刻做的決定將不會後悔，我們的合作可以為市場帶來全新的氣象，也會為貴公司帶來可預期的收益！」

「報告式」簡報則可以總結收束全部的資訊：「我相信大家對○○○○○問題應該已有更進一步的了解，不知道有沒有什麼問題？」這一類的簡報若能預留一些Q&A時間，藉由提問掌握聽眾理解的程度，也可即時補充、釐清誤解，對於主題深化會有更明顯的幫助。

✂ 好台風，你也可以！

所謂「台上三分鐘，台下十年功。」人人羨慕講者在台上從容自若、掌握全場的迷人風姿，當然不是一蹴可幾的。不過也不必妄自菲薄，空羨慕別人得天獨厚的天賦，這些演說技巧都是可以練習的。

下表是實際上台的技巧，拿出筆，勾選一下，哪些部分你已經做到？哪些部分待加強呢？

項目	技巧說明	自評項目
眼神	① 成功的演講者，幾乎不看自己準備的投影片，因為投影片應該都牢記在腦海中。 ② 和聽眾有眼神交流，最容易喚起大家聆聽，特別是場地較小的演講廳，眼神交流至為重要。不過別滿屋子亂看，那只會顯得自己眼神飄忽。選擇中間（直排、橫排），大約從自己看出去左右45度角就好，逐一輪著看聽眾，會給人你在乎他們，以及沉穩掌握全場的好印象。	☐ 已做到 ☐ 待加強
手勢	手勢輔助演講，有時可以為觀點增加力量，不過太多的手勢會讓人覺得眼花撩亂，有時反而透露出緊張或輕浮感。手上能拿著遙控器（控制投影片播放）最好，若場合不允許，拿支筆在手上可以減低手足無措的慌張。	☐ 已做到 ☐ 待加強

項目	技巧說明	自評項目
語調	① 當主持人介紹「我們歡迎五月天──」時，用的是高昂興奮的語氣，還是輕柔磁性的聲音？沒錯，要帶動全場氣氛，凝聚聽眾氣場，必須先讓自己的聲音聽起來充滿活力。記住！當你的語調保持八分活力，聽眾可能只回報你五分；若你只拿出五分熱情，噢，你將會得到全場都睡的結果。這也正是一場演講總讓人耗盡體力的原因。 ② 善用語氣的抑揚頓挫，也是「說」的基本能力。我們會發現好的演講者能自如地牽動聽眾情感，在營造一連串的笑點之後，常伴隨著語調放慢、放低，給予聽眾沉澱、反省的時刻。這樣的一緊一鬆之間，便可以自然帶動聽眾喜悲，產生極佳的動人力量。	☐ 已做到 ☐ 待加強
音量	音量要大小適中，太小聲會因聽不清而昏昏欲睡，太大聲會成為噪音干擾。需要在簡報前先了解場地大小，並且提前到場確認麥克風狀況，才不會令演說大打折扣。	☐ 已做到 ☐ 待加強
站姿	自然輕鬆會顯得有自信，避免不必要的晃動、搖擺，會產生不夠沉穩的緊張感。	☐ 已做到 ☐ 待加強
表情	微笑是最佳的表情，也是最好的溝通語言。	☐ 已做到 ☐ 待加強
冗詞	每個人說話難免有慣用語氣，仔細聽自己講話，如果你無法讓它成為討喜的個人特色，為避免聽覺疲乏，就只能靠多練習，講詞精熟才能改善了。	☐ 已做到 ☐ 待加強

項目	技巧說明	自評項目

服裝

① 服裝要符合簡報的場合,若你是被邀請的演講者,和聽眾是平行的關係,輕鬆點的穿著可以帶來親和力。若你是被考核者,請務必著正式服裝,以顯示自己謹慎重視的態度。

② 上述二者都必須是自己穿來感覺舒服習慣的。例如,不習慣穿裙裝者,可以考慮褲裝的套裝,勉強自己穿著不適合自己的衣服,有時只會讓自己看起來拘謹、甚至窘態畢露,反而無法施展自己準備好的演說。

☐ 已做到
☐ 待加強

位置和場地密切相關。

① **TED**的演講場地大,可以稍加走動,讓演講更活潑。不過僅限於舞台中間二分之一的空間,走到舞台二邊就太偏斜了,要走回舞台中間也太費時,不只較為陰暗,同時顯得一直在走動,影響聽眾注意力,造成干擾。

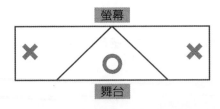

位置

② 如果是有電腦講桌的場地,站出來會顯得更自信霸氣,站在講桌後則顯中規中矩。可以考量這次簡報你想呈現怎樣的人格特質或簡報風格來決定。

③ 若場地不大,走到台前可以增加聽眾互動,但如果會頻頻擋住投影片,就要減少在講台上走動了。

☐ 已做到
☐ 待加強

簡約投影片，完美的配角

投影片製作原則

投影片製作，「報告式」和「表演式」、「行銷式」不同。

「報告式」在解說資料、傳達知識，投影片上的訊息必不可少。不過仍必須遵守二個原則：**資訊適當，圖文勻稱**。

例如，《紅樓夢》的課堂報告中，學生為了讓大家了解王熙鳳這個主題人物，放了一堆王熙鳳的演員劇照、代表圖示，卻完全沒有小說的相關文字，或是批評家的評論，僅以口頭念過一遍，對下面資訊不平等的聽眾來說，完全不能跟上簡報者的速度，理解不足、溝通不良，成果大打折扣。

也有組別完全相反，大量貼上文字資訊，不顧字體大小，通篇看不出重點，也找不到目前念到哪裡，聆聽者乾脆放棄，你講你的，我睡我的。

口語介紹和投影片應相互搭配，容易理解的用口頭說明，須強調的、或須文字解釋的放至投影片上；也可以在段落中，將要提示的重點以不同的顏色強調，產生標記的作用。

圖表、文字的搭配要講究美感，整個投影片展現圖文一致性，不要忽大忽小、忽左忽右，會顯凌亂突兀。

　　「報告式」投影片內容已較爲複雜，背景更要單純，不要在圖片上直接打上文字，二者彼此干擾，層層疊疊，資訊反而不清楚。背景模式盡量簡單，太深沉的顏色配上繁複的內容，視覺受到干擾，重點不易突顯。

　　「表演式」、「行銷式」的投影片可以參考賈伯斯的作法。

　　琳瑯滿目，令人目不暇給的投影片，讓聽者分心，對簡報是扣分的。所有TED的簡報都很簡單：**一張圖，或是一句話。突出重點，加深印象。**

　　可以搜尋免費圖庫，網路上有些採用CC0（Creative Commons Zero）授權，可以再製、轉製，比起任意在網上抓的圖片解析度高，做簡報時看起來更賞心悅目，也更專業。

　　有些攝影玩家會依照簡報主題拍攝影像，放在投影片上則有獨一無二的生動效果。

　　現在的簡報新美學偏重簡約風，背景選擇白色或黑色最安全，頻繁使用動畫、音效，產生簡報干擾，應該節制。太純粹的顏色讓人覺得刺眼，可考慮採用調色後較柔和的顏色。

　　一個演講中，使用一個名言就好，一個名言會增加說服力道，太多則彷彿自己觀點全建築在別人的觀點上，好像大量借用別人的話，才能證明這個講題成立，這是削弱自己的作法。在投影片上，單單秀出這句話，沒有其他背景、圖片相襯，是現在大師級演講常用的手法。

🎤 投影片製作小技巧教學

為什麼我的投影片總排不整齊？

　　圖、文的位置須講究平衡感，將整張投影片塞滿，或是偏重某一邊都不是好的配置。

① 先在「檢視」中選出「格線」、「輔助線」，可以幫助插入圖表時調整位置，「對齊」對視覺美學很重要。

② 找出視覺點，將文字或圖放置在視覺點上，求取平衡感。

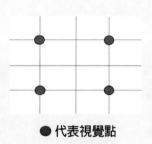

● 代表視覺點

為什麼我的投影片看起來不專業？

　　善用**圖文框**，會讓你的簡報看起來專業有型。選用CC0圖庫，解析度大加分。

插入圖片→插入文字方塊→在文字處按右鍵→格式化圖案→實心填滿→色彩調整至50%以上→選擇圖框顏色

製作投影片好費時？

　　過去製作圖表時，常在每個表格中，反覆操作「插入文字方塊、輸入文字」的工作，費時又繁瑣，其實你可以這樣做。

 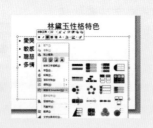 

① 先條列出各項說明文字（愛哭、敏感、聰慧、多情）。
② 選取要轉換成圖表的文字。
③ 按右鍵，選取SmartArt，選擇希望的圖表型式。
④ 文字即可轉換為圖表。

萬一出了錯，怎麼辦？

「人算不如天算」，即使反覆演練，也會因爲客觀環境出現難以把握的小狀況，最常見的，就是準備好的投影片無法播放。太過依賴投影片的講者，恐怕將慌了手腳，無法應變了。常見的意外包括下列幾種：

🎤 投影片無法播放

🎤 麥可風沒有聲音

🎤 問聽眾問題卻無人回應

🎤 聽眾顯得興趣缺缺

🎤 時間掌控不佳

🎤 觀眾提問尖銳

當然，得先穩定自己情緒，沉穩應付。熟記投影片內容，即使無法播放，也不會因此無法演講。麥克風等技術性問題，若能先至場地測試，多少可以避免。聽眾不回答問題是正常的，因此不要過多期待，自己回答可以化解尷尬，或者，可以開玩笑地對著聽眾說：「嗨！我聽到你的答案了，你說的沒錯！」準備一些相關且有趣的小故事，演講效果不好時，不妨先停下演講，用故事重新帶動氣氛，準備好了再開始。Q&A時間是最好的溝通良機，幽默誠懇永遠是面對尖銳最好的良藥。

簡報後，檢討與改進

　　沒有人是天生的演說家，每次的演講經驗都是寶貴的一堂課，看再多的祕笈，都不如累積實戰經驗，從錯誤失敗中學習來的，一輩子都忘不掉。不要妄自菲薄，誰沒有第一次呢？檢討並改進，做好事前的準備，充分練習，便是自信的來源。

 準備秀了嗎？

【評估、策略單】：

確認後勾選		項目	自我評估紀錄	
☐	簡報前	演出風格	☐ 主播型　　☐ 名嘴型 ☐ 務實型　　☐ 幽默型 ☐ 其他（　　　　） *思考：想建立怎樣的品牌印象？	
☐		簡報屬性	☐ 報告式　　☐ 表演式 ☐ 行銷式	
☐		聽眾評估	Who	
☐			Whom	
☐			What	
☐			Where	
☐			Why	
☐			When	
☐			How	
☐	簡報	導言	☐ 說明演講理由 ☐ 提問引發好奇 ☐ 故事捲入聽眾 ☐ 發現問題提出方法 ☐ 其他：	

☐	簡報	正題	確認直接進入正題了嗎?
☐		結論	給予觀眾什麼利益呢?
☐		投影片	確認不雜亂、夠清楚
☐		台風	☐眼神　☐手勢　☐語調 ☐音量　☐站姿　☐表情 ☐冗詞　☐服裝　☐位置 *別忘記多練習，成為習慣
☐	反覆練習		能不看投影片，就記住每一張內容

先別急著說，簡報是一場Show，準備好要秀了嗎？上場囉！

第七單元

想像與創造——
在劇本的世界來一場遊戲

黃思超

🦋 奇異瑰麗的劇本世界

　　當我們在「閱讀」一個故事的時候，作家筆下的空間、人物，在我們腦中會自然而然出現「想像」，也因此，故事有「畫面」，當作家把「筆」當作攝影機，建構出一個文字世界以後，身為讀者的我們，腦中自然有一個螢幕，隨著閱讀，播放出一個個畫面。這樣的畫面，如果經過一些加工處理，真的被「演」出來，或者「拍」出來，一部「戲」因此誕生。下面這個圖示，除了表達「故事」到「戲」的過程，還有這個章節的重點：

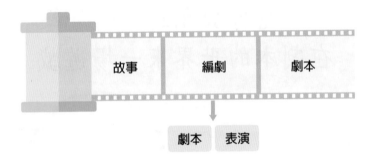

　　這一章想談的是：「怎麼寫出一個劇本」、「表演（包括舞台的、影像的）概念如何影響一個劇本的寫作」，以及「劇本可以被運用的場合」。在網路與視覺傳播媒介發達的今天，用影像來自我介紹、推廣自己的理念、甚至是故事行銷，都可以是動人且效果顯著的，這一切的基礎，就在於一個好的「腳本」，也就是「劇本」。我們想要帶著大家，跟著這個章節的步驟，完成一個「劇本」的「初稿」，畢竟一個劇本的完成，會經歷長時間的調整修改，我們也建議，這個劇本初稿完成後，可以找幾個好朋友，一人飾演一個角色，「讀讀看」這個劇本，或許會刺激出創作的靈感喔！

暖身活動非常重要喔！

寫劇本之前，讓我們先來做個暖身活動。請先回想一齣最近自己覺得非常好看的戲，然後，問自己下面這個問題：

「為什麼我覺得這一部戲好看？」

這個問題的答案，見仁見智，例如：喜歡一個演員，喜歡故事中的人物、喜歡某些題材（例如：愛情、歷史、奇幻、偵探等）、劇情引人入勝等等，每個人各有不同的喜好，而這幾個要素也往往彼此關聯，簡單歸類如下圖：

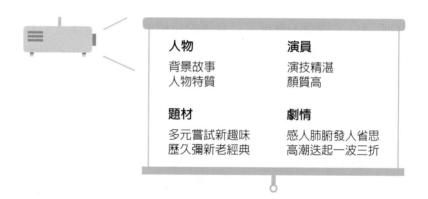

人物
背景故事
人物特質

演員
演技精湛
顏質高

題材
多元嘗試新趣味
歷久彌新老經典

劇情
感人肺腑發人省思
高潮迭起一波三折

當你回答了這個問題，應該也就發現：一部戲好看的標準，並不是虛無縹緲的，這當中存在著一些指標，例如：一個你自己很「想說」的故事、試圖用一些未知與懸疑來吊觀眾胃口、讓觀眾愛上你劇中的人物等等。在開始寫作劇本前，得先有一個故事腳本。所謂的故事腳本，指的是用最簡潔的文字，陳述整個故事發展的基本架構，需要具備的要素有以下三項：

1 人物

2 故事發生的時間與地點

3 首尾連貫的事件

以下，請你先考量上面所說的要素，完成練習1。

練習 1：請用 300~500 字的篇幅，撰寫你的故事腳本。

撰寫腳本需要題材，題材的來源可謂包羅萬象，從生活周遭的小故事、寓言、小說等，都可以發展爲戲劇腳本。但挖掘故事需要細心的觀察。中國著名編劇陳亞先稱之爲「從書縫裡找文章」，也就是在大量的閱讀中，觀察、發現可以發揮的小細節。爲了讓讀者們有練習的依據，以下我們提供一個故事腳本，透過這個腳本，也來說說一個適合成爲劇本的好腳本所需要具備的條件。

> 劉晨、阮肇，入天台採藥，遠不得返，經十三日饑。遙望山上有桃樹子熟，遂躋險援葛至其下。噉數枚。饑止體充。欲下山，以杯取水，見蕪菁葉流下，甚鮮妍。復有一杯流下，有胡麻飯焉。乃相謂曰：「此近人矣。」遂渡山。出一大溪，溪邊有二女子，色甚美，見二人持盃，便笑曰。劉阮二郎捉向杯來。劉阮驚。二女遂忻然如舊相識，曰：「來何晚耶。」因邀還家。南東二壁。各有絳羅帳，帳角懸鈴，上有金銀交錯。各有數侍婢使令。其饌有胡麻飯、山羊脯、牛肉，甚美。食畢行酒。俄有群女持桃子，笑曰：「賀汝壻來。」酒酣作樂。夜後各就一帳宿，婉態殊絕。至十日求還，苦留半年，氣候草木，常是春時，百鳥啼鳴，更懷鄉。歸思甚苦。女遂相送，指示還路。鄉邑零落，已十世矣。

　　你有發現嗎？這個故事實在有太多「梗」可以發揮了！劉晨、阮肇是誰？他們是什麼關係？為什麼會迷路？溪邊的兩個女子是誰？她們又為何跟陌生男子裝熟，把兩個人騙回家，並且苦留半年、供他們享樂？這些「梗」為故事腳本及未來的開展，提供了太多可能性。如果我們從「劇本」的角度來思考，這個故事的內容，完全可以說是一場「奇遇」與「冒險」，而「奇遇」與「冒險」，絕對是最受歡迎的戲劇題材之一。這個腳本滿足了上述所說的要素：

1. **人物**：劉晨、阮肇、女子二人、侍婢數人；
2. **故事發生的時間與地點**：在天台山的奇幻世界，並有「山中方一日，世上已千年」的時間穿越；
3. **首尾連貫的事件**：以劉、阮二人迷失路途為故事的開始，尋找到桃樹是故事的轉機，因奇遇，巧入桃源之鄉，在桃源之鄉過著愉悅的生活，滯留半年，最終因思鄉，離開桃源，卻竟然發現「鄉邑零落，已十世矣。」

練習 2：請檢視你的腳本，是否也具備了這三個要素。

量身打造──規劃一個適合故事腳本的「結構」

　　如果以上的腳本已經完成，並具備了該具備的要素，接下來，進入劇本的「結構」的構思，就是寫作劇本的第一步。什麼是劇本的「結構」呢？就像寫文章，每個段落有每個段落的重點，而各個段落又必須前後呼應，以達到全文內容的明確、連貫且完整，劇本亦然。只是劇本有不同於其他文類的「技術性考量」，例如，一個舞台劇的劇本，在思考劇本結構時，須把「換場」、「出場人物順序與安排」納入結構考量，以避免換景過於繁複，或人物勞逸不均的執行困難；而如果要拍攝影片，相對來說是比較自由的，但「鏡頭安排」、「拍攝方法」與「畫面銜接」，也會直接影響一個劇本的故事結構。換句話說，雖然我們前面已經寫好故事腳本，但落實到劇本之中，考量到故事怎麼被「演」出來，需要細膩且精心的量身打造。為了明確反映劇本的結構，一般我們會運用「表格」來「規劃」大綱。以下是一個常用的表格形式：

登場人物：穿戴、個性等細節需盡可能完備。　　　　　　　全劇整體說明欄位
場景規劃：全劇將出現的場景，需在此處規劃與說明。
道具與細節說明：重要物件即可，即影響全劇發展、或具有暗示意謂的特殊道具。

場次	登場人物	時間	地點	內容概要	分場大綱說明欄位
S1					
S2					
·					
·					
·					

　　這是一個最基本的戲劇大綱表格，從這個表格可以調整延伸，如果是一個影片的底本，還可以加入其他必要的要件，表格會成為這個形式：

登場人物： 場景規劃： 道具與細節說明：				全劇整體說明欄位		
				分鏡說明欄		
鏡次	人物	鏡頭景別	分鏡時間	拍攝手法 （鏡頭運動）	內容概要	配樂音效
1		Ex： 全景、近景、中景	Ex： 10秒	Ex： 推、拉、搖、移、跟等鏡頭運用方法		
2						

　　分鏡大綱是如何運用鏡頭語言來說故事的規劃，本書的第一章已有詳細的說明，本章不再重複。在規劃分場大綱的步驟中，戲該怎麼演，會進入到比較具體的想像階段，因此，在分場大綱裡，應該盡可能把每一場的「戲劇效果」標註清楚，對下一個步驟將會更有幫助。所謂的「戲劇效果」，指的就是各種「懸疑」、「矛盾」、「衝突」，許多編劇教學的書籍，都強調「懸疑」、「矛盾」、「衝突」的營造，是劇本寫作的「基本公式」，突顯這個成分，也將有助於我們把這個戲「演／拍」的更加引人入勝。為了突顯戲劇效果，以下陳述內容概要時，會加上「合理」的「加油添醋」，為了讓各位能夠清楚明辨，表格中特別用粗體字標示出來。讓我們示範套入這個表格，重新「陳述」以上故事腳本。

登場人物：劉晨、阮肇、**鄰居二人**、無名女子二人、侍婢四人
場景規劃：劉晨與阮肇所住村落、天台山、桃源祕境的起點、桃源祕境、數十年後劉晨與阮肇的住處。
道具與細節說明：

場次	登場人物	時間	地點	內容概要
S1	劉晨 阮肇 鄰居二人	四月之初	劉晨、阮肇隱居的鄉邑。	劉晨和阮肇是對好朋友。這天，他們相約，一起到天台山採藥。這已經不是他們第一次相約上山採藥了，更何況天台山是個舊地，山上有什麼藥，他們一清二楚。兩人背起了藥簍子，正準備上山，鄰居二人前來送別，並囑託劉、阮，至天台山，務必往壽寧寺代乞一經。
S2	劉晨 阮肇	四月，初時風和日麗，後來烏雲密布	天台山山徑	這天有點詭異，不知道為什麼，兩個人越走越遠，竟然在山上迷了路。眼看著過了十三天，身上的食物早已吃光，兩人又冷又餓。正在生死交關，他們看見遠方的山上有桃樹，結實纍纍，兩個人顧不得危險，一路奔去。
S3	劉晨 阮肇 女子二人	四月，一個粉紅色的夢幻溪谷旁	天台山某溪流邊	二人在溪邊狼吞虎嚥吃飽後，打算喝口水便找路下山。沒想到，一片肥美的蕪菁葉，順著河水漂流而來。兩人對看了一眼，感到好奇：這分明是人種的菜葉，怎麼會出現在荒谷中的溪流？正在懷疑之際，又漂來一個杯子，裡頭黏著幾顆胡麻飯粒。這下他們高興極了：「終於找到有人居住的聚落了。」他們循著河流，渡過山野，看到了一條廣闊的溪流，溪邊有兩個女子，看到劉、阮拿著他們的杯子，便笑著向他二人走來，劉、阮還沒反應過來，只聽見女子突然熱情的跟他們打招呼，彷彿久未見面的老友一般：「怎麼這麼久沒來！」接著便硬是把兩人請回家作客。

場次	登場人物	時間	地點	內容概要
S4	劉晨 阮肇 女子二人 侍婢四人	四季常春的	天台山祕境	女子住處富麗堂皇，劉、阮二人才剛坐下，女子便吩咐侍婢擺下宴席，菜餚無不美味精緻，又備有美酒，侍婢們手持桃子取笑，酒酣耳熱，自在逍遙。但過了十日，劉、阮二人想回家了，女子二人苦留不放，又過了半年，已是深秋時節，但祕境中的氣候草木，仍如春天一般。兩人歸思甚苦，女子苦留不住，只好送二人回家。二人回家前，想起了鄰居囑託的壽寧寺，便順道前去，取經而回。
S5	劉晨 阮肇 鄰居二人			二人沿著路回家，發現四周景物多已不同，原來的村子多已頹圮。正在詫異之時，發現鄰居二人正在旁邊的田裡耕作，劉、阮一見舊人，興奮非常，三步併作兩步的高聲喊叫。鄰居聽到叫聲，回頭一看，臉上卻帶著陌生的表情，一問之下，才發現二人並非當時的鄰居，而是鄰居的子孫。劉、阮一征，手上的經文掉到了泥土地上，而鄰居的子孫兩人，帶著狐疑的表情，逕自走往農田的遠處。

　　完成這個表格，首先會碰到的問題，就是「故事腳本該如何區分場景段落？」其實，場景段落的區分，有許多「實際」的考量，包括了「劇本」與「演出」，後者對區分場景段落有很大的影響。先從「劇本」的層面來看，場景段落大約相當於「故事段落」，也因此，大概可以依據「段落主題」來為劇本分段。上述大綱，我們用了一個非常「規矩」的作法，把故事分為五場，如果為每一場下一個主題，並陳述其功能，依序是：

`S1` 「序幕」——故事的開始，預留伏筆；

`S2` 「絕境」——迷失路途的危機與緊張；

`S3` 「轉機」——危機的初步解除，並開啟新的話題；

`S4` 「桃源」——神秘的溫柔鄉，再次啟動未知的緊張；

`S5` 「感悟」——故事結尾，提點全劇主題。

之所以說上述大綱的分段很「規矩」，是因為：

① 故事**「順序」**進行；

② **「主角」**是主要經歷這個事件的人物，也就是劉晨與阮肇；

③ **「同一個時間、地點」**的事件被安排在同一場；

④ 腳本**「完整」**的被依「主題」和「功能」被分為五個段落；

⑤ 從戲劇衝突的**「結構」**來看，是一個漸進的「開頭→緊張→解決
→新的矛盾→緊張→解決」的過程。

　　當然，故事可以有很多種不同的說法，也可以因為不同的說法，
而呈現出不同的主題。聰明的你，是否也發現了，如果我們轉化一些
變項（上述黑體字的部分）故事會產生不同的趣味：

可以不要採用「順序」的方法說故事嗎？

　　如果劇本的第一場，兩人已經在桃源，想著要回家的劉晨和阮
肇，正在討論怎麼回家，而房間外面，兩個女子正在偷聽二人的
討論，這個故事可以怎麼說？

🎞 可以換一個主角嗎？

如果安排劉晨的一個小書僮跟著上山，或把無名女子當做主角，轉換視角，這個故事會變成什麼樣子？

🎞 可以打破「同一個時間地點」的場次規劃嗎？

把不同場次的戲，透過一些舞台／鏡頭手法的運用，融和在一景，這個劇本又會變成什麼樣子呢？

　　換句話說，分場大綱初步完成，便可以對這齣戲的輪廓有一個清楚的認識，其中存在的「變項」也會因此浮現，操控一些「變項」，整齣戲或許就會因為這些巧思，變的更具有可看性喔！

　　當然，如果進一步從「演出」的層面來看，段落的區分，還關係到幾個可能衍生 的問題，雖然這大部分牽涉到導演的職能，但一個好的編劇，寫作劇本時，也可以思考劇本實際搬演的具體情況。所以資深編劇都認為寫劇本前要先多看戲，原因正是如此：

🎞 演員是否需要換裝？場景是否需要調換？所需要的時間有多長？這當中是否需要調整或新增戲劇段落？

🎞 每一場演員的分配與調度，也應是考量的要素。

🎞 場景的變換，牽涉到的是製作的費用，例如：舞台上每換一景，美術設計需要不同的製作；或者影片拍攝的換景，也有時間與場地成本的考量。換句話說，換場牽涉到製作的成本。

🎞 換場避免過於瑣碎，如此，會因過於頻繁的「中斷」，使觀眾不易入戲。例如：一個小時的戲，分為兩到三場屬合理範圍，若分到六

至十場，每場約6到10分鐘，則顯得過於瑣碎。這點在故事腳本中就可以看出端倪。因此，如果發生這樣的情況，建議可回頭看看故事腳本，並試著整合一些訊息，反而會讓戲更加集中緊湊。

　　我們最後要提醒的是：分場大綱是需要反覆檢視的，好的分場是一個不斷思考、修正的結果，在你初步填好表格的時候，也別忘了再次回頭，讀一讀自己的分場大綱喔。

練習 3：請運用以上表格，為你的腳本分場，撰寫必要的細節，並用粗體字標註每一場的戲劇衝突。

仙女的魔杖——讓你筆下的人物活過來吧！

　　完成分場大綱後，終於要進入劇本的撰寫了。「劇本」和「小說／故事」最大的區別，在於「代言」：一部戲，必須由「演員」來「扮演」「劇中人物」，故事發生在「人」的身上，因此，身為一個編劇，必須清楚的知道，情節的推動，並不是「說書人來說故事」，而是透過「劇中人物的行動」所組織起來。第一次撰寫劇本，經常出現一個問題：「太多旁白」。旁白太實用了，幾乎可以把所有故事交代清楚，以至於初學者容易過份依賴，整齣戲變成以旁白這位「說書人」的敘述為主，人物的「行動」淪為聊備一格的點綴。如此，則失去了劇本有別於其他敘事文類的特徵。以下舉一個例子：

場景：旅館

> 旁白：大學生愛好旅行，天色漸黑，他找到一家旅館，旅館大廳沒有任何人，走向櫃台東張西望。

大學生：怎麼沒人？

旁白：之後他發現後門出去有間木製倉庫，推了推門，發現門是上鎖的。這時倉庫裡傳來爆炸聲，大學生感覺有異。此時旅館進來了一位女高中生。

大　學　生：喂你！快來幫我，你應該是這間店老闆的女兒吧！

女高中生：恩對。

大　學　生：你應該有倉庫鑰匙吧！

女高中生：發生什麼事？

大　學　生：剛剛倉庫裡有爆炸聲加上旅館又沒人在，你不覺得很有……不，很奇怪嗎？

旁白：在這同時大學生踢開了門，兩人都驚呆了，他們看到一個男人滿身是血被吊在柱子上，一個女人臉部稀爛，全身骨頭盡斷，倒在地上。

女高中生：啊！！！！！爸爸，媽媽（哭的語氣）。

大學生（冷靜的自言自語）：這吊的地方離地面有五公尺啊！就算有梯

子犯人又是如何把一具八十幾公斤重的人扛上去的呢，那犯人又是從哪逃出來的，加上這裡有爆炸聲卻完全沒有爆破的痕跡，到底怎麼回事？

旁白：女高中生邊哭邊拿起電話準備報警

大　學　生：你先別報警，交給警察，不知道要民國幾年才能破案，如果找不到犯人最後媒體會把這起事件渲染成靈異事件，最後不了了之。

女高中生：你開什麼玩笑，我父母都這樣了……不然誰來破案。

大　學　生：我來……我會幫你的。

女高生無言的看著大學生。

大　學　生：相信我。

（女高中生放下電話看了看大學生用力的點了一下頭）

在這個學生作品中，加入了一個旁白，旁白補充了場景、動作與一些情節片段，本應由人物說或做的事情，改為使用旁白口述，整場戲因此顯得破碎而混亂。其實，旁白並非不能使用，**但戲裡頭的旁白，也應視為一個角色**，有其獨立的功能與存在目的。接下來的寫作練習，除非特殊需求，否則請避免使用「旁白」。如果你在撰寫時，不由得想要用旁白，請試著把旁白所敘述的場景和事件，轉化為具體的「畫面」──「場景」與「人物」，讓場景中的人物，用行動對話來「演」故事。

身為編劇，為人物完成「基本設定」是首要工作。以下幾個問題，有助於從故事腳本中，發展出具體的人物想像，同時也能夠讓你對故事的主旨（身為編劇想要告訴觀眾的理念）有更明確的掌握。讓我們藉由劉晨與阮肇的例子，回應這幾個問題，當然，問題的答案是開放式的，你也可以有不同的答案，賦予劇本不同的走向。希望身為讀者的你，準備好一個屬於你自己的故事腳本，與我們一起完成這個練習。

問題	本章範例	你的腳本
Q1 故事主角是誰？	劉晨與阮肇。	
Q2 故事想要什麼？	表面上看起來，劉晨、阮肇是為了採藥而上天台山，但碰到了一個「奇遇」。雖然魏晉南北朝的「採藥」，往往帶有「隱逸」或「求仙慕道」的意象，但在本文的想像中，兩人遭遇的「奇遇」，是對已經成為習慣的現實的解構，解構結果是好是壞，得到了什麼？失去了什麼？則是一個開放的結果，讓觀眾自行想像。	
Q3 主角達到目標前，遇到了什麼阻礙？	故事中，主角碰到「現實（迷失路途的危機）」與「精神（沉溺桃源的誘惑）」的阻礙。	
Q4 主角碰到阻礙時，做了哪些選擇？他為什麼不是做另一個選擇？	主角碰到「現實」的阻礙時，並無從選擇，因為「求生」是人的本能；而碰到「精神」阻礙時，主角可以選擇留在桃源，或者返回故鄉。而之所以不選擇留在桃源，原因仍在於對人世的依戀。	
Q5 這齣戲結束後，主角產生什麼改變？	「山中方一日，世上已千年」，這齣戲結束時，鄰居的後代逐漸遠去，二人眺望遠方，是惆悵？是感悟？留待觀眾自己的解讀。	

透過上述的問答，對於劉晨、阮肇二人，大概有了一個比較明確的印象。

但是！我們還需要對人物的細節做詳細的設定。

其實，一齣戲之所以迷人，主角的魅力可是太重要了！但「魅力」可不只在於「顏值」喔，某些動人的「特質」，絕對是引起觀眾同理心和情感的關鍵，例如，現在常被運用的「故事行銷」，是一個遠比一般廣告更具有魅力的行銷手段，除了廣告效果外，也可以有效建立商品／公司的正面形象。「故事行銷」可以看成是一個極度濃縮精煉的「劇本」，而好的故事行銷，贏取觀眾的認同可說是一個關鍵，但如何打動觀眾呢？人物的設定在此就顯得重要了。比如：一個訴求「令人懷念的眷村媽媽味道」的老店，試圖建構一個老媽媽的身影，其中引起觀眾共鳴的特質，就在於眷村這個在台灣「逐漸消失」的歷史印記，充滿「人情味」的意象，以及媽媽的「溫暖」，身為讀者／觀眾的你，被喚起的正是記憶中帶有情感溫度的老味道。因此，賦予劇中人物一些能夠引起觀眾同感的「特質」，讓觀眾的情感，無形中投射在主角身上，絕對是人物設定的重要考量。

那麼，劉晨和阮肇，你認為可以被賦予哪些特質呢？我們的構想是：相約上山採藥的劉晨與阮肇，是關係很好的一對「友人」（至於這個關係很好應該怎麼理解，你可以自由的想像）。但是，我們也設定這兩個人有著不同的特質：

> 外向、直率
> 觀察力敏銳、隨時注意周圍環境的變化，機警而靈活通變。
> 理性思考。
> 觀察、分析、判斷，做出最有利的決定。　正面特質

劉晨

> 內向、耿直
> 相較於和人群接觸，他更傾向於與談得來的友人內心交流。
> 感性思考。
> 重情、守諾、體貼、專一等。　正面特質

阮肇

當然，在這裡，你應該想問一個問題：為什麼會做這樣的設定？怎麼想到這樣的設定？這當然和整齣戲的構思有關，著眼點在於整齣戲所設定的「抉擇」。在我們回答上述五個問題的時候，所提到的「阻礙」，也正是一個「抉擇」，而人在面對抉擇的時候，也必然是面對兩難矛盾的時候，因此，在構思中，兩人個性的差異，正是兩難矛盾的具體化。

在這個劇本中，碰到「現實」與「精神」的危機，我們試圖讓觀眾投射到主角身上，希望達到：「如果是我，碰到這個狀況，會作出什麼決定」的效果，因此對人物作出這樣的設計，並依循這個方向，

設定兩位主角的特質，在實際下筆時，這樣的特質，也成為設計人物對白、行動的指標。

　練習 4：請找到你故事中的主角，為他進行一場「面試」，回答上述五個問題。並且運用二至三個形容詞，賦予你的故事角色一個迷人的特質。

對話的藝術

　接下來要動筆了！經過上述的練習，你應該對自己即將開始撰寫的劇本胸有成竹。開始動筆最難的地方，在於「對話」和「行動」。如同前段所說的，劇本是「代言體」，劇中人物的行動，推動情節的進行，是最重要的觀念。以下，我們同樣以劉晨和阮肇的例子，說明一小段「故事」，如何變身為「劇本」。限於本文篇幅，本章無法呈現全劇劇本，以下劇本，為原文中「劉晨、阮肇，入天臺採藥，遠不得返。」在分場大綱中，是場景二（S2）「這天有點詭異，不知道為什麼，兩個人越走越遠，竟然在山上迷了路。」首先，可以看出這段敘述存在著具有因果的事件：上天台採藥→遠不得返。但是，這樣的說明實在太簡略了，如何想出一個具有戲劇張力的「動作」呢？在此，我們需要問自己兩個問題：

主角在山上碰到了什麼？

　這個問題的答案，就是「場景」。毫無疑問，場景是天台山，但這個答案太籠統了。所有出現在場景的事物，都是有「訊息」和「目的」的。為此，以下的劇本，設定場景是「主角二人熟悉，卻又充滿疑惑的天台山舊地」，「舊地」意味著兩人曾多次來到此處，在劇本

中，透過「山澗」、「破草亭」、「山居老伯」來表現，「疑惑」則
是熟悉的場景有所不同，目的在渲染本段詭譎的情境。

什麼原因造成「遠不得返」？

這個問題的答案，就是具體的「事件」了。在以下的劇本中，我
們安排了一個「矛盾」，讓「遠不得返」這個「事件」帶有點緊張。

以下劇本，「動作提示」和「舞台提示」以括號中的標楷體呈
現，對話則是細明體。

（*天台山上，劉晨、阮肇揹著藥簍，從幕後緩步走出，兩人感情極
好，同行路上邊走邊聊，好不愜意。*）

劉：阮兄，你看，今年的天台山，與往年有些不同。

阮：你我年年此時，都上天台探藥。唔，你看，這條山路，都不知走
　　過幾回了，只是……。

劉：是啊，我也覺得有點蹊蹺。

阮：可不是。

（*阮肇手指著前方*）

阮：過了這條山澗，轉個彎，有個破草亭。

劉：草亭不遠處，有戶人家，你總愛和那老伯清談一番，一坐就說個
　　沒完，幾次險些誤了時辰。

阮：那位老伯當真是位高人，為此，我今年還特地帶了兩卷書稿，想
　　請老伯指點一二。

劉：行了！

阮：只是……照理說該看到草亭了。

劉：阮兄，你看！

（劉晨拉著阮肇，箭步通過山澗）

阮：是這個位置沒錯呀……

（此時，雷聲隱隱，烏雲逐漸聚攏在山頭，燈光漸暗）

劉：果然是山上的天氣，說變就變。

（阮肇自顧自的找起了草亭和不遠處的幾戶民宅）

劉：阮兄，天都變了，你我先找個地方避雨吧。

（阮肇沒聽到劉晨說的話，這時，下起了雨，劉晨一急，抓起阮肇就跑）

阮：劉兄……

劉：先找個地方避雨吧，四月的天，山上還是寒浸浸的，要淋溼可就
　　麻煩了，我記得附近有個山洞。

阮：對了！劉兄，何不到老伯家一避。

劉：什麼老伯不老伯的！那幾戶房子消失的無影無蹤……

阮：他們可到哪去了，啊……我的書稿……

劉：別管書稿了，快走！雨勢變大了。

（劉晨拉著阮肇，舞台上跟蹌急行，此時，阮肇手上書稿掉了，他掙脫劉晨，轉身撿取，卻因此失足滑倒，從舞台右側下場）

劉：阮兄！

（劉晨顧不得大雨，回過頭尋找阮肇，但天雨路滑，難以行走，從舞台左側下場。此時，舞台利用燈光，分為前後兩半，劉晨下場時，阮肇從舞台右側、後半燈光處重新上場）

阮：為了這書稿，險些丟了小命，幸好有這救命的樹幹。（高聲）劉兄……劉……啊！怎不見劉兄！

（劉晨從舞台左側、前半燈光處上場，二人雖同在場上，但分屬不同空間，利用燈光與舞台布置做出區隔）

劉：阮兄……！

阮：劉兄……！

（二人在舞台上高聲尋找，錯身而過，但因處於不同空間，不能有視覺交會）

劉、阮：遍尋不著，這該如何是好……

劉：這場雨下的甚是詭異，連我也迷失了路途。這是哪裡？

阮：所幸書稿用油紙包著，沒事！只是……這是什麼地方，天台山我熟的很，但這裡甚是陌生……

（劉晨摸摸腰間的行囊）

劉：原想上得山來，去回不過三四天的路程，這乾糧帶的不多，現在……這前不著村、後不著店的，再找不到阮兄與回家的路途，只怕……

讓我們來看看原作的一句話，如何轉換為一些畫面和動作。

　　前段已經設定人物特質,透過「對話」和「行動」來表現,因此
劉晨一上場,說的是「今年的天台山,與往年有些不同。」、「我也
覺得有點蹊蹺。」這兩句話,表現出劉晨注意到天台山不尋常之處。
而在阮肇沉溺於尋找舊人時,劉晨卻已注意到天氣有變,說道:「果
然是山上的天氣,說變就變。」判斷危險即將到來,馬上做出避難的
決定。此時的阮肇,心裡還在想著「是這個位置沒錯呀⋯⋯」,並且
一心一意只在兩卷書稿,而那是他與舊人內心交流的象徵。因此,當
避難之時,書卷掉落,他馬上掙脫劉晨,回頭撿書,以致失足滑倒,
並在撿回一命之時,仍顧著兩本書,說道:「所幸書稿用油紙包著,
沒事!」兩人個性的差異,也是為了藉以帶起這場戲的「緊張」,因
此,危機發生之時,劉晨急於避雨,而阮肇在意書稿,這個矛盾,在
劇本中特別用粗體字標明清楚。

　　上述安排,並未出現在故事腳本或分場大綱,但正式進入劇本
寫作時,細節的安排,對白的設計,是一個頗費思考的困難之處。在
此,我們歸納幾個小技巧,提供參考:

畫面 ⸻ 對話 ⸻ 衝突

1　畫面

　　寫作的開始,請在腦海中盡可能勾勒出清晰的畫面,並且讓畫

面中的人物開始「行動」。就如同我們在劇本一開始的插畫一樣，寫作時，請先從一個小段落著手，把畫面中發生的事件想全。當然，具體想像的與「看戲經驗」有關，因此，許多資深編劇，都建議初寫劇本的人要多看戲，這樣的經驗，有助於撰寫者寫出合於表演需求的劇本。

2 ◖ 對話

「一個要求・兩個功能」。雖然看似平凡的日常對話，但對白的寫作，必須精密構思。對白不是作文（這也是初學者常犯的毛病），寫作時，要不斷提醒自己注意對白的「一個要求・兩個功能」。一個要求：務求口語白話；兩個功能：推動情節、反映人物。在反映人物這點上，我們的劇本中，比較理性的劉晨，用了略為急躁的語氣，來突顯面對危險時，急著想迴避危險的情境；而感性的阮肇，說出來的話，彷彿沒有意識到即將到來的危險，仍在想著消失的草房和老伯，這樣的對話設計，不僅可以突顯人物，還能夠營造出情境的緊張。

3 ◖ 衝突

試圖隨時把「衝突」的概念帶進劇本寫作的構思。簡單來說，「戲劇衝突」指的是劇中人物因矛盾而產生的對立，這個「人物」可以是兩個人、兩群人，也可以是一個人自己內心的矛盾。好萊塢資深編劇Neill D. Hicks在其《編劇的核心技巧》一書中，把戲劇化約為一個簡單的句子：「Drama is Order Conflict.」，意思是「戲劇就是安排衝突」。大家往往會用「劇情曲折離奇、高潮迭起」來形容一齣戲，這也很適合用來作為創作劇本的參考。「曲折離奇」，指的是故事的發展出於常人預料，讓觀眾好奇接下來會發生什麼事情；「高潮迭起」

指的則是戲劇衝突的安排緊湊而高明，讓觀眾繃緊了神經。我們提供的劇本例子，原來的故事腳本並沒有寫出這樣的矛盾，而是劇本寫作時的設計：面對危機時，劉晨與阮肇因性格的差異所產生的矛盾。當然，這樣的矛盾，在接下來的劇本中，可以更得到「激化」，例如：接下來，因迷失路途而生死交關，兩個人會發展出什麼衝突？又如之後要留在桃源，還是要返回故鄉？又可能產生什麼衝突？在劇本寫作時，對矛盾衝突的細心營造，除了可以讓戲更好看之外，更可以透過矛盾的構思，讓整齣戲的主題更為突出。

練習 5：請選擇一個分場大綱中，你認為容易著手的片段，參考以上劇本的格式，寫作你的劇本。（請記得，避免使用旁白喔）

劇本的無限可能

　　如果你確實跟著上述的五個步驟逐步完成，相信到了這個階段，你已經跨出了劇本寫作的第一步，至少寫出你劇本的第一個段落了。許多資深編劇，分享寫作劇本的經驗，都認為寫劇本並不是一件輕鬆的事，劇本都是「熬」來的。達到目前這個階段的過程，你應該經歷了這樣的「努力」：在腦中想像一個充滿細節的畫面，讓畫面中的人物活起來，讓他們在你構築的小世界中，發生一些事情、經歷一些事件、遭遇一些困難、做一些抉擇，並且完成（達到）一個結果（目標）。

　　當然，劇本其實是運用各種手段，把一個故事「說」的迷人的技術。我們如果用一個比較開放的角度來看，其實，劇本的概念，在今日被廣泛的運用在各種場域，比如……

　　如果你要行銷一個公司或產品，甚至行銷你自己，拍攝形象影片，你會需要一個好的腳本，打動你的預設客群，把優勢渲染的淋漓盡致。

　　如果你要規劃一場別出心裁的展覽，也需要一個精彩的腳本，讓展覽的精品，依照你規劃的動線，為參觀者說一個動人的故事，讓他們在步出展廳時，能夠得到滿滿的知識與感動。

　　劇本創作最核心的概念，也就在於如何傳遞創作者的理念，並且打動觀眾。在這個章節裡，我們提供了一些方法，讓初學的你有一個可以依循的基本步驟，藉此完成一個作品的片段或初稿。但也要提醒你，這個章節所提出的方法，並不是定律，身為編劇的你，有絕對的權力擁有各式各樣的想像和自由，讓劇本充滿各種令人興奮的可能性。

　　如果還是以「劉晨阮肇上天台」的故事來發想，你還可以想到什麼可能性呢？

這實在是太多了！

　　如果假設觀眾是「兒童」，我會把故事中的桃源，打造成一個異想天開的瑰麗祕境，小朋友跟著劉晨阮肇的腳步，走進一個奇幻世界，就有如浦島太郎的龍宮城一般，滿足小朋友的各種幻想。

　　如果觀眾是「上班族」，我可能會把劉晨阮肇的故事，打造成一個現實與理想交織錯落的矛盾，試著讓觀眾跟著戲，思考自己的人生經歷。

　　當然，這個故事也可以恐怖靈異，引劉晨阮肇進到桃源的無名女子是誰？真的是人嗎？還是⋯⋯？她們有何目的？劉晨阮肇一步步陷入危機，又會有什麼下場？

　　一個充滿各種可能性的故事腳本，就好像一塊黏土，經過編劇的巧手，能夠塑造出各種形狀，展現出不同的風貌。我們也期待你的創作歷程，是一場高潮迭起的冒險之旅，最終得到豐碩甘美的成果！

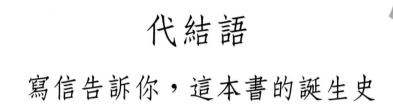

代結語

寫信告訴你，這本書的誕生史

楊雅儒

親愛的你：

　　你知道寶寶離開母親子宮前，需要十個月的滋養；這本書，也有一段從2016年展開的漫長孕育期。教學環境轉型與教材內容的創新，是勇敢的「磨合」。教學現場師生問答激盪「愛」的火花，讓我們一路選擇以生命書寫的主題，強調敘事力，藉由應用寫作敘說台灣故事等為「靈魂產房」，最後，我們回到「人」，為不同讀者的實用需求擬出展現敘事亮點的方案。但，你知道的，生命從來無法讓我們全然掌握，書魂在我們孕育過程自動創化、變形，誕生為此刻在你眼前的這本書。

　　看過輪番上陣的單元：自傳、新聞寫作、議論科普、企劃書、演講簡報、劇本創作之後，是否發現原來每一種應用文體裁都承載著生命、人文關懷，也訴說與我們切身相關的故事呢？

　　說起自傳，本書的設計提醒我們學習在不同場合端出來自我們生命不同的經驗、特質、故事，並以「分鏡」方式分享給我們的讀者／面試官，經此整理與敘述的過程，何嘗不是重新認識自我呢？

　　透過即時／深度報導及訪談，我們觀察值得公開化的故事，深度化若干議題，如：某人的奉獻、某團體的需求、某行業的血淚，既求大家有「知」的權利也傳達感性關懷。而報導無疑是一趟英雄旅程，我們需要煉金術、吸睛術、化妝術等功夫。

　　而議論寫作，雖然向來很硬，講究方法邏輯，不過，我們仍然可以採取一種較輕鬆的方式來學習，並且比較議論與科普寫作之間如何運用敘說美學，精確傳達多元領域的新知研究，為不同社群談「天」說「地」聊「人文」。

　　在企劃書練習中，看似目的性強烈地要取得經費補助或者申請活動、爭取行銷機會。然而，在企劃過程，無非是將我們背後的需求與理念清楚包裝，以便獲得他人認同，亦即落實「天馬不行空」。甚且，我們為朋友籌備的慶生宴、為自己所企劃的畢旅、婚禮、預擬的理想告別式，均為企劃書所及的範疇。

　　演講與簡報則可視為文字企劃的口頭呈現，生動的演講與簡報是一種形式，然而，精華的內容往往是一則故事：失敗與成功的故事、罪惡與救贖的故事、苦難與重生的故事、疾病與療癒的故事、需求與研發的故事。在此單元，也直接提醒讀者上台前後的準備事項。

　　至於劇本創作，則教我們將創意想像與生活角落不被注意的故事化為可以搬上檯面，得以被看見的作品，而編寫情節過程既可視為一場遊戲，同時其中彰顯的深層人性，述說的何嘗不是我們的故事呢？

　　最後，我們可以共同省思：習寫應用文，是否就不需要閱讀了呢？答案當然是「否定」的，無論閱讀相關示例或經典，總能提供我們觀察他人說故事的策略、用意。甚且，閱讀不僅止於收割敘事方法，更重要的是透過閱讀他人生命故事，裨益我們思考社會價值觀與人類的需求如何變遷，畢竟，應用文強調溝通表達，進而達到多贏效果。

　　站在21世紀的今天，寫下這封信告訴親愛的你，身為島嶼一份子，教導文學欣賞與寫作的我們這群教師，熱血盼望為生活找到更多說故事的視角與方法，也期待在教學現場不斷實驗推新，引導學生換位思考，玩一些有趣的寫作活動，最終得以扣合夢想與土地家園，並將自己推銷到世界——此乃這本書問世的初衷！

全體作者謹上　2018.1.25

國家圖書館出版品預行編目資料

南瓜變馬車──應用文故事指導書 / 徐秀菁
等合著. -- 初版. -- 臺北市 ： 五南圖書出
版股份有限公司, 2018.09
　　面 ；　公分
ISBN 978-957-11-9917-7（平裝）

1.語文教學　2.應用文

802.7　　　　　　　　　　　107014583

1XCT

南瓜變馬車
───應用文故事指導書

總 策 劃－康　珮、楊雅儒

作　　者－徐秀菁、楊雅儒、陳　儀
　　　　　李慧琪、康　珮、黃思超

發 行 人－楊榮川

總 經 理－楊士清

總 編 輯－楊秀麗

副總編輯－黃文瓊

編　　輯－吳雨潔

封面設計－姚孝慈

美 術 設 計－賴玉欣

插圖繪製－謝瑩君

出 版 者－五南圖書出版股份有限公司

地　　址：106台北市大安區和平東路二段339號4樓

電　　話：(02)2705-5066　傳　　真：(02)2706-6100

網　　址：https://www.wunan.com.tw

電子郵件：wunan@wunan.com.tw

劃撥帳號：01068953

戶　　名：五南圖書出版股份有限公司

法律顧問　林勝安律師事務所　林勝安律師

出版日期　2018年9月初版一刷
　　　　　2022年9月初版三刷

定　　價　新臺幣350元

經典永恆・名著常在

五十週年的獻禮——經典名著文庫

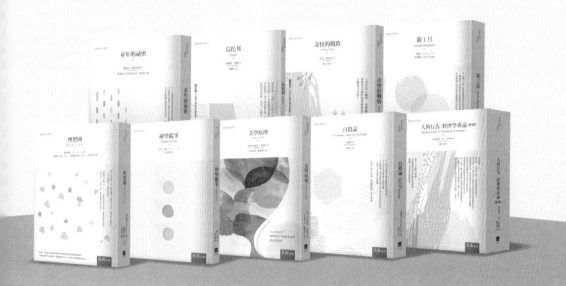

五南，五十年了，半個世紀，人生旅程的一大半，走過來了。
思索著，邁向百年的未來歷程，能為知識界、文化學術界作些什麼？
在速食文化的生態下，有什麼值得讓人雋永品味的？

歷代經典・當今名著，經過時間的洗禮，千錘百鍊，流傳至今，光芒耀人；
不僅使我們能領悟前人的智慧，同時也增深加廣我們思考的深度與視野。
我們決心投入巨資，有計畫的系統梳選，成立「經典名著文庫」，
希望收入古今中外思想性的、充滿睿智與獨見的經典、名著。
這是一項理想性的、永續性的巨大出版工程。
不在意讀者的眾寡，只考慮它的學術價值，力求完整展現先哲思想的軌跡；
為知識界開啟一片智慧之窗，營造一座百花綻放的世界文明公園，
任君遨遊、取菁吸蜜、嘉惠學子！